新　潮　文　庫

今　夜　は、　鍋。

温かな食卓を囲む７つの物語

角田光代　青木祐子
清水朔　友井羊
額賀澪　織守きょうや

新　潮　社　版

11835

CONTENTS

今夜は、鍋。

温かな食卓を囲む
7つの物語

TONIGHT, WE HAVE NABE.

合作、冬の餃子《ギョウザ》鍋

角田光代

角田光代
Kakuta Mitsuyo

1967年神奈川県生れ。魚座。
1990年「幸福な遊戯」で
海燕新人文学賞を受賞しデビュー。
2005年『対岸の彼女』で直木賞、
2007年『八日目の蝉』で中央公論文芸賞、
2012年『紙の月』で柴田錬三郎賞。
ほか受賞・著書多数。

野坂すみ子は食に対してたいへんにプライドの高い人間だった。ファストフードを口にする人を軽蔑《けいべつ》していた。評判の店に食事にいき、満足できる味ではないと、平気で残して店を出た。自分ひとりで食べる食事にも手を抜かない。八時過ぎに帰ってこようと、一汁三菜を心がける。六年前、就職先には老舗《しにせ》の料理学校を選んだ。今はそこで事務をやっている。持ちまわりで受付に座ることもある。新しい料理法を教わることも多いし、おいしいお取り寄せ品の情報もよく耳にする。すみ子には理想的な職場だった。

食の好みが違う人とはぜったいにつきあわない、というのがすみ子の持論だった。学生時代に恋人と別れてから六年間ひとりでいるすみ子を、学生時代の友人たちも職場の同僚たちも合コンに誘ってくれるのだが、一度もいったことがない。合コンの行われる店はたいてい、フランチャイズの居酒屋だからだ。男の人と知り合いたいと思わないでもないが、しかしそんな店でまずい料理を食べるのは、たった一度でもいやなのだ。

そんなすみ子が、じつに久方ぶりに恋をした。相手は料理専門のカメラマン、楠瀬望《くすのせのぞみ》である。料理学校が生徒に配る教科書の写真を、一年前から望が撮っている。

最初見たときから、なんとなく惹《ひ》かれるものがあった。望の撮る写真もまた、すみ子は好きだった。料理の見栄《みば》えをよくするために油や水滴をかけるとか、炭酸に塩を入れて泡立ちをよくするとか、そんな小細工はいっさいしない。多少見栄えの悪い盛りつけでも、手なおしせずそのまま撮る。それでいて、できあがった写真のなかの料理は、本当に魅力的に見えた。料理を愛しているんだろうと、だからすみ子は思った。

あるとき、仕事を終えた望のほうから、すみ子を映画に誘ってきた。信じられない思いだった。しかも、望が口にしたのはすみ子も見たいと思っていたスペイン映画である。それからはトントン拍子だった。休日ごとにすみ子と望は距離を縮めていった。

映画を見、食事をし、ドライブをした。すみ子から経過報告を訊《き》き出す同僚の珠希《たまき》は、「カップルの理想的な誕生」と形容した。「二十八歳にもなった女が、妻帯者でもわけありでもない好青年と出会うことだって難しいのに、よくもまあ、調子よく進んでいくものよ。いいねえ映画。いいねえドライブ。私ももう一回そういう恋がしたいなあ」と、言うのである。

「青くさいって言いたいわけ？　しょうがないよ、私たち二人とも三十間近とはいえ恋愛年齢が低いんだもん」言い返しながら、しかし口元がにやけてしまう。六年ぶりに恋人とよべる人ができたことは、やはりすみ子にもよろこばしいことだった。

　望の部屋に招かれたのは交際四ヵ月目、十一月のことだった。はじめて見る男の子の部屋を、すみ子はさりげなく見まわした。何もかもがものめずらしかった。スチール棚にぎっしりと詰まったカメラ機材。本棚を埋め尽くす写真集。壁に貼《は》られたキャパのポスター。十四インチのテレビと、その三倍はありそうな馬鹿《ばか》でかいステレオセット。こたつに入ったすみ子は、言葉よりもっと多く彼のことを知った気がして、それもまたうれしくなる。二週間前、自分の部屋を訪れた望も、そんなふうに部屋を見渡していたのだろうかとすみ子は考えてみる。

「こないだ、すみちゃん、おいしいごはんごちそうしてくれたろう。だから今日はそのお返し。こたつでのんびりしててよ。今日の夕飯はおれが用意するからさ」

　望はこたつの上に缶ビールを置くと、台所にこもってしまう。そちらをちらちらとふりかえりながら、すみ子はビールをすするように飲んだ。缶ビールを半分ほど飲んだとき、できたよー、と台所から陽気な声が響いた。

　あまりにも早すぎる、いったい何を作ったのだろう。おそるおそるふりむくと、丼《どんぶり》を二つ抱えた望が満面の笑みで背後に立っていた。

　こたつの上に置かれた丼の中身を、すみ子はまじまじと見る。なんであるのか見当もつかない。しかもどうやら夕食はこの一品のみであるらしい。えーと、これは……。

言いかけるすみ子を遮り、新しいビールとマヨネーズをこたつに置き、望は得意げに言う。

「蟹缶丼《かにかんどん》。すごくおいしいから食べてみて」

丼の中身を、すみ子は箸《はし》ですくう。ごはんの上に蟹缶をあけ、海苔《のり》を散らしただけであるように見える。すみ子の視界に望の手がにゅっと伸びてきて、丼に大量のマヨネーズをしぼる。

「マヨはたっぷりかけたほうがおいしいんだ。その上に醤油《しょうゆ》をちょびっと垂らす」

「へええ、かんたんなんだね」すみ子は笑顔で言いながら、マヨネーズのたっぷりのった蟹缶丼とやらを、おそるおそる食べてみる。まずいことはない。蟹缶とマヨネーズと海苔とごはんの味がする。まずいことはないが、しかし……。

望とのデートで、店を決めるのがいつも自分であることに、じつはすみ子はかすかな不安を感じていた。どこに連れていってもおいしいもまずいも言わないことにも。カップラーメンの銘柄にやけに詳しいことにも。けれどあんな魅力的な写真を撮る人が、まさか食を愛していないわけがないと、その都度すみ子は不安を封じこめてきた。しかし蟹缶丼を前にした今、すみ子の不安は風船のようにどんどん膨れ上がる。

半年もすると、すみ子は別れたほうがいいのではないかと悩むようになる。週末、遠出をするより互いの部屋を行き来することが増えるに従って、問題はより深刻化したのだった。望はすみ子の見たことのないものばかり作り上げる。ツナ缶と大根おろしを混ぜただけのスパゲティはまだましで、バター醬油ごはんやポテチ丼なんてものまで作り、すみ子に勧める。煮干しでだしをとり、味噌汁《みそしる》を作ってきたすみ子には、異星人の食べものとしか思えない。体によくないのではないかと進言すると、ビタミン剤を渡される。いっそのこと料理をすみ子にまかせ何も作らないでくれればいいものを、自称料理好きの望は、すみ子の家でも三度に一度は自分の料理をすみ子に食べさせたがった。

食の好みが違う男とはぜったいにつきあわないと宣言していた自分を、苦い気持ちですみ子は思い出す。一日のうち何度も、やっぱり別れよう、と、それくらいで別れるなんて、とをくりかえす。

そして二月の土曜日、意を決してすみ子は望を部屋で待つ。今日へんなものを食べさせられたら別れを切り出そう。珠希になんとののしられたって、これからまた六年恋人ができなくたって、ポテチ丼を食べるよりはいい。

約束の時間より少し早く、望は到着する。手にスーパーの袋を抱えている。インスタントラーメンや青梗菜《チンゲンサイ》が透けて見える。自家製ラーメンでも作ってくれるのだろうかと、早くもすみ子は身構える。映画でも見にいこうかと連れ出し作戦にかかると、

「雪が降りそうなくらい寒いよ」と言われ、するとすみ子も出かけるのが億劫《おっくう》になって

くる。ビデオを見たり、雑誌を見たりしているうちに、夕飯の時間が近づいてくる。

「今日は私が作る。望くんには餃子《ギョウザ》の皮でも練ってもらおうかな」望が台所に立つより早く、すみ子は先制攻撃に出た。

「でも、ラーメン作ろうと思って材料を買ってきちゃった」

「その野菜で中華スープを作るからだいじょうぶ」

「じゃ、全部いっしょにして鍋《なべ》にしない？　寒いし、鍋、ちょうどいいよ」望はうれしそうに台所に向かう。「すみちゃんが餃子を作るあいだ、鍋の用意をするからさ」

「何鍋になるの？」すみ子はこわごわと訊く。

「餃子鍋！」またもやすみ子の聞いたことのない料理名が、望の口から飛び出る。

　望がすみ子の指示通り餃子の皮を練るあいだ、すみ子は鶏《とり》ガラスープに望の買ってきた青梗菜やもやしを入れていく。なんだかどうでもよくなって、すみ子は買い置きしてある春雨やきくらげ、冷蔵庫のなかの筍《たけのこ》もそのなかに投入する。練り終えた皮にスプーンであんをくるんでいく。「へえー、餃子ってこうやって作るんだ」望は感心したように言う。

　ダイニングテーブルにカセットコンロを用意し、土鍋を置き、ぐつぐつ煮える鍋に餃子をひとつずつ入れる。醤油にお酢にラー油に豆板醤《トウバンジャン》をやけくそのように混ぜて、すみ子はたれを作る。

「二人の合作、餃子鍋！」望はぱかりと土鍋の蓋《ふた》を開ける。ぼわっと上がる湯気のなか、餃子の白、青梗菜の緑、きくらげの黒が美しく浮かび上がる。

望が椀《わん》についでくれた具にたれをかけ、すみ子はおそるおそる口に運ぶ。そして目玉を丸くする。正体不明の鍋が、意外にも、おいしかったのである。すみ子は鍋をのぞきこみ、まだだいじょうぶかも、と思う。餃子と中華スープ、独立した料理だけれど、いっしょくたにしてこんな味になることもある。私とこの人、食の好みはどうやら合わないけれど、不思議においしいものを合作してしまうこともある。だったら、もう少し違いを楽しんでみようかな。

「ねえ、ここにインスタントラーメンを入れてもおいしいかも」すばらしいことを思いついたかのように望が言い、「うん、おいしいかも」思わず言って、すみ子は笑い出す。

四人いるから火鍋にしましょう

青木祐子

青木祐子

Aoki Yuko

獅子座、A型、長野県出身。
『ぼくのズーマー』で2002年度ノベル大賞受賞。
『これは経費で落ちません!〜経理部の森若さん〜』、
『派遣社員あすみの家計簿』シリーズ、
『幸せ戦争』他、著書多数。

「――それぞれ自分が好きなスープを選んで、お肉とお野菜はみんなで頼んで分けましょう。わたしは麻辣湯《マーラータン》。いちばん辛いやつ。お肉は、ラムは絶対入れてね。食べられない人いないわよね。留花《るか》ちゃん、わかった？　入力して」

留花の目の前で、奈々子《ななこ》がてきぱきと言っている。

留花はテーブルに置いてあるタッチパネルを取った。この店の注文はすべてタッチパネルである。フロアのすみに置かれた、テカテカと光る中華風の龍《りゅう》の置物とそぐわないようで、合っているような気もする。

正方形のテーブルも椅子《いす》も大きくて、日本のレストランのものよりやや高いように感じた。中央には田の字に仕切られたアルミの穴が空いている。ここに赤いスープが注がれるのだ。この店を選んだのは自分なのだが、見るからに熱くて激しくて、フロアに一歩足を踏み入れたときから留花は少し気圧《けお》されている。

奈々子はまったく動じていなかった。常連のような顔をして一番奥の椅子に陣取っている。

奈々子の唇は、店内のインテリアに合わせたようにつやつやしていた。仕事でもないのにピンク色のスーツを着ている。ピンクが好きなのである。

「あたし、辛いの苦手なんだよね」

ラム肉と麻辣湯をタッチパネルで選んでいると、右隣の結《ゆい》が覗《のぞ》きこんできた。

結は店に最後に入ってきて、奈々子と留花とさよりを見て、お久しぶりでーすと言った。コートの下は少し透けるブラウスと、ふわふわしたスカート。茶色い髪がうずまきながら肩に落ちている。大学三年生だが、今はシェアハウスを出て彼氏の部屋に転がり込んでいる。結にとってはここが火鍋《ひなべ》店だろうがファミレスだろうが関係ないのに違いない。

「火鍋屋で辛くないスープにするなんて、ラーメン屋でうどんを食べるようなものよ。火鍋は辛いから美味《おい》しいのよ」

奈々子が言った。

「わたしはトマトスープにする。星ひとつだから少し辛いよね」

さよりが口を挟んだ。留花がトマトスープにしようと思っていたのに先にとられた。

昔からさよりは要領が良かった。だから奈々子に気に入られていた。さよりは看護の専門学校を卒業するまで、三人の中で一番長く奈々子ハウスで過ごしている。

さよりは今は新人看護師として病院に勤めている。留花と同じ一年目だが、落ち着いていて頼りになりそうだ。

結とさよりは、留花の元ルームメイトである。留花は、大学三年生の夏から大学四年生の二月まで、マンションで共同生活をしていた。

通称『奈々子ハウス』。奈々子はシェアハウスという言い方を嫌い、お金に困った学生さんを余った部屋に泊めてあげているおせっかいなおばさん、という体をとりたがる。外食につきあわされたのは初めてだが。

久しぶりに顔が見たいわと誘ってきたのは奈々子だった。留花に電話をかけてきて、いきなり言った。四人いるから火鍋にしましょう。表面に唐辛子がたくさん浮いているような、本当に辛いスープが食べたくなったの。留花ちゃん、さよりちゃんと結ちゃんの予定を聞いて、店の予約をしておいて。

こういう口調でものを言うときの奈々子には逆らえない。

さよりと結にとっても同じだったらしく、ＬＩＮＥをするとすぐに了承した。奈々子に言われたら断れないよねと言って。さよりは、もう二度と会うことはないと思っていたと本音を吐いた。

「あたしは豚骨の白湯《パイタン》にする。うどん入れたらおいしそう」

結が手を伸ばし、タッチパネルをタップした。

「うどんは入れてもいいけど締めよ。まずはお野菜とお肉から。留花ちゃんは？」

「わたしは――」

「残りひとつは酸《す》っぱいのがいいわね」

奈々子が言った。出汁《だし》醬油《しょうゆ》か和風味噌《みそ》にしようと思っていたのだが、仕方なく酸辣湯《サンラータン》を選ぶ。

「奈々子さん、今日はどうして急に集まろうと思ったんですか？」

反応の悪いパネルに苦労していたら、さよりがさりげなく切り出した。

「会いたかったから。さよりちゃんと留花ちゃんは就職したばかりだし、たまには鍋やりながら近況報告会してもいいでしょう。鍋、みんな好きだったよね」

奈々子は言った。

「あたしは別に好きなわけじゃなかったです」

結があっさりと答えた。テーブルに肘《ひじ》をつき、隣の席にいるウエイターを眺めている。ウエイターは二十代そこそこの男性で、外国人らしい客に中国語を喋《しゃべ》っている。

「あらそうなの？　わたし、てっきり三人とも鍋が大好きなんだと思ってた。冬なんて、三人で毎日してたじゃない」

「一年目だけですよ。あのときはさよりさんがまだ試験勉強してなくて、しょっちゅう鍋してたから。わたしは食べられればなんでもよかったんです。駅からマンションまでの道にスーパーがあって、ときどき白菜が一個二百円で売ってて」

　留花は言った。

　あの一年半のことが思いがけなく鮮やかに蘇《よみがえ》る。ずっと忘れていたのに。

　寒い冬の夜、バイト帰りでくたくたに疲れた帰り道。節約をしているのでコンビニに入るのを我慢して、深夜営業のスーパーで白菜を買った。かじかむ手で財布から取り出した百円玉の冷たさ。

「そう、留花さん、まるごと一個の白菜買ってきたよね。深夜にごそごそしてんなって思ったら、白菜を山のように茹《ゆ》でて、ツナ缶あけて、ポン酢かけて食べてた」

　さよりがおかしそうに言った。

「お金なかったんだもん」

「鍋、あたしは好きだった。奈々子さんがいいお肉をくれるから美味しかったし、温まるから電気代の節約になったよね」

　さよりの言葉に、結が気のない様子で口を挟む。

「電気代払ってなかったけどね」

　電気代どころか家賃も払えないときがあった。何回も遅れて待ってもらった。

　留花はあの幻のような一年半を思い出す。

　奈々子は貧乏学生にとっての神だった。賃貸契約は結んだ——月に二万円——が、遅れても催促されたことはなかった。奈々子がいつのまにかやってきては冷蔵庫をいっぱいにしていくので、食費を出してもらっているようなものだった。

三人が揃《そろ》ったばかりのころ、よく鍋を囲んでいたのは本当だ。しかし好きだったかと問われると答えにくい。奈々子からの差し入れを三等分に分けるのが面倒くさかった。リビングでひとりかふたりが鍋をしていると、自分の料理をしたくないので、三人目も合流した。鍋を囲んだからといって和気藹々《わきあいあい》と話すわけでもない。留花は就職活動、さよりは看護学校の実習と試験勉強、結は深夜までアルバイトをしていて、自分のことで手一杯だった。

「わたしだって必死だったのよ。飢えた女の子三人かかえて、食料持っていかなきゃ死んでしまうと思って。ふるさと納税の返礼品、全部食材にしたわ」

奈々子は楽しそうに笑った。

少し目尻《めじり》に皺《しわ》が増えたようだが、奈々子は変わっていなかった。お金持ちで面倒見のいい中年女性。多少高圧的であろうとも、留花は奈々子を嫌いになれない。

共同生活は楽しかった。さよりも結もマイペースな性格で、同じように貧乏だったから、格好をつける必要がなかった。三人とも真面目《まじめ》だったし、必要以上に親しくなろうという気がなかったのがかえってよかったのだと思う。

いや、正確にいえばもうひとり――。

「あたしは、奈々子ハウスに住んでいたから看護師になれたようなもんよ。本当にありがたかった」

さよりがしみじみと言った。

「わたしもよ。奈々子さんに拾われなかったら学費を払えなかったと思う。今の会社に入れたかどうかも怪しいわ」

「留花さんは早く就職決まったから良かったよね。あたしは看護師試験があるから、最後の一年はいっぱいいっぱいだった」

「さよりさんと留花さん、パーッといなくなっちゃったよね。送別会もしなくて寂しかったな。なんでだっけ」

さよりが素早く留花に目を走らせる。

「スープです、どうぞ」

さきほどのウエイターがやってきて、田の字の四つの角を埋めるようにしてスープを注いだ。向かいの麻辣湯の表面には、これでもかという量の赤唐辛子と、粒のままの山《さん》椒《しょう》が浮いている。

「――卒業したからだよ。卒業したら出ていくって決まりだもん」

誰も言わないので、留花が渋々口に出した。

「ああそうそう、忘れてた。坂本くんから連絡あったのよ」

留花の言葉を遮るようにして、奈々子がふいに口を開いた。

さよりの手が止まる。結は少し首をかしげて奈々子を見つめている。

そんなことだろうと思ったのだ。

留花は少し警戒して三人を眺める。奈々子は嬉《うれ》しそうだった。結は無邪気、さよりは留花と同じ表情をしていた。テーブルの真ん中では、薄いアルミに仕切られた四つのスープがぐつぐつと音を立てている。

＊

留花が奈々子ハウスに入ったのは、大学三年生――留花が二十一歳の夏だった。あのときも奈々子はピンク色のワンピースを着ていた。

留花ははじめて入る東京都心の大きなマンションに緊張していた。それまでは地震があったらぐらぐら揺れる、1Kのアパートに住んでいたのだ。

キッチンではさよりが無表情でコンロに向かっていた。奈々子に続いて留花がリビングに入っていくと、カウンターごしに視線を向けてくる。髪はぼさぼさで、少し汚れたスエットを着ていた。

「いちおう賃貸契約はするけど、わたしはそういうのどうでもいいの。空家にしておくのが嫌で、誰かに住んでもらいたいだけだから。毎日掃除すること。他人を入れないこと。みんなで仲良く、楽しく暮らすこと。自分の機嫌は自分で取ること。条件はそれくらい。学生向けってことになってるから、卒業したら出ていってね」

奈々子はてきぱきと言った。

留花は手に大きなスーパーの袋を持っていた。中には肉と野菜と果物、掃除用のスプレー、トイレットペーパー、生理用品が入っている。待ち合わせをした駅前で奈々子が手当たり次第に買い、留花に持たせたのだ。

奈々子は立ち尽くす留花から袋を取りあげ、どさりとカウンターに置いた。

「新しい人ですか」

さよりが言った。無造作に手を伸ばして袋を開き、中を覗く。

ＩＨコンロの横にはラーメンどんぶりが置いてあった。休日の半端《はんぱ》な時間だったが、これから食事ということらしい。この人が同居人かと留花は緊張した。

「そう。留花さん、歌舞伎町でナンパしたの。ここの部屋が空いてたからちょうどよかった。こちらはさよりさん。看護師目指してるの。偉いわよね。わたし、偉くてがんばってる女の子に弱いの」

「どうも」

「よろしくお願いします」

留花は頭を下げ、さよりは細い目をいっそう細くして留花を見た。化粧をしていないせいもあるだろうが、三十歳くらいに見えた。留花よりも年上であることは間違いない。

「今年の春に二人卒業しちゃって、今いるのはさよりちゃんだけ。三部屋余ってるから、好きな部屋使って。勝手に人の部屋開けたりしないでね。仲良くしてね。喧嘩《けんか》しないでね。喧嘩禁止だからね」

奈々子は神経質に、仲良くしてねと繰り返した。

留花はうなずいた。言われなくてもトラブルを起こすつもりはない。自分は穏やかな人間だと奈々子にアピールしておかなくてはならない。

どうやらこのシェアハウスは、奈々子の趣味でやっているものらしい。つまり奈々子が気に入らなければ追い出されるということだ。

事態は切迫していた。就職活動はもう始まっている。留花は三年になると同時に企業研究を始め、いくつかの会社説明会に出席した。夏期のインターンにも申込んだ。勇み足がすぎてアルバイトができなくなり、貯《た》めておかなければならない奨学金に手をつけてしまった。このままでは後期の学費が払えない。国文科のカリキュラムを甘く見ていた。

やむにやまれず夏休みに体験入店したキャバクラの、奈々子はひとりで来ていた客だった。

奈々子はたまたま隣に座った留花の話を興味深そうに聞き、自分の持っているマンションに来ないかと誘った。学生さんたちに住んでもらっているんだけど、ちょうど部屋が空いているの。よかったらどう？

五万円の家賃が光熱費込みの二万円になったらありがたかった。通学時間も減るし、電気代に怯《おび》えてエアコンを我慢しないで済む。

留花は余っていた四部屋のうち、玄関の左横にある独立した一部屋を選んだ。引っ越し業者を頼むお金などないので、宅配便と電車で身の回りのものを運んだ。

二回往復してすべての荷物を運び終わった夕方、リビングに出て行くと、さよりがテレビを見ながら、ひとりでカセットコンロに向かっていた。

「あたし鍋やってるんですけど、留花さんも食べます？」

さよりは言った。カセットコンロの上にあるのは、家族用の大きな土鍋である。白濁したスープの中で、くったりした葱《ねぎ》が踊っている。

「――いえ」

八月の下旬、夏休みの最中だった。リビングにはエアコンがかかり、少し寒いくらいの温度になっている。ほぼ初対面でこれから共同生活をする人と鍋をするという意味がわからず、留花はあいまいに断った。

「そうですか。ごはん、食べるなら炊飯器の中にありますよ。ないなら炊《た》いてください。

冷蔵庫の中の肉野菜とか、引き出しの缶詰とか使っていいことになってるので。牛乳とプリンはあたしのなんで、食べないでほしいんですけど」

「ここ、賄《まかな》いつきなんですか」

留花は思わず尋ねた。思わぬ僥倖《ぎょうこう》である。これからどこかで半額の弁当でも買ってこようと思っていたところだった。大きなテレビの中の笑い声が大きく聞こえた。

「っていうわけでもないけど、奈々子さんて、月に一回マンションに来るんですよ。そのときに食材を適当に買ってきてくれるんです。奈々子フードって呼んでますけど、今はわたしひとりだから食べきれなくて」

部屋に来たとき、奈々子がスーパーに寄って籠《かご》一杯に食材を買ったのを思い出した。ズッキーニだのラム肉だの、どうやって食べるのかわからないものを買いながら、奈々子は嬉しそうだった。

そういえば今日、さよりが食べているのはあのときのラム肉である。

「勝手に食べていいってことですか」

「そうですね。奈々子フードは早い者勝ちです。自分で買ってきたものは、マジックで名前を書くことになっています。名前書いてないのは食べていいってことなんで。食べられても文句言わないでください」

「ありがたいです」

さよりは目を細めた。

「留花さんて、お金ない人ですか。まあそうか」

「はい。生活費は全部バイトなんです。今大学三年で、就職活動始まってて」

「三年ですか。だったら卒業はあたしと同じですね。といってもあたしは実習と国試のほうが大変なんだけど」

「看護師さんはいいですね。就職に困らなそう」

「そうでもないですよ。どこでもいいってわけでもないし」

さよりは言った。無口かと思ったが、意外とおしゃべりである。

「これまでさよりさん、ひとりだったんですよね。お邪魔になりますけど、よろしくお願いします」

「いえ、人数増えてよかったです。掃除、一週間交替でいいですか。掃除を毎日やるのが決まりなんです。ここ奈々子さんの持ちマンションなんで、あたしたちは掃除要員なんですよ」

さよりはカセットコンロの火を小さくした。ずっと踊っていた葱が沈み、スープが静かになる。

「あたしは玄関入って右の部屋を使っています。学校行ってないときは勉強してるんで、あまりうるさくしないでください」

さよりはテレビに視線を移した。取り皿に沈んだ肉を食べ始める。

留花はキッチンカウンターに入り、冷蔵庫を開ける。冷蔵庫には卵と肉と牛乳と、三連のプリンが入っている。牛乳とプリンのパックには、黒マジックで「さより」と書いてある。意外と几帳面《きちょうめん》なのだなと留花は思った。

共同生活は思っていた以上に快適だった。

山手線の沿線で、大学まで三十分。閑静な住宅地で、近くにスーパーもコンビニエンスストアもある。４ＬＤＫのマンションは広いし、安全だし、七階なので見晴らしもいい。大型テレビや乾燥機つき洗濯機、食洗機などの最新式の家電もそろっている。

共同生活といってもふたりなので、かち合うこともそうはない。

留花はそれまでやっていた居酒屋のアルバイトを辞め、早朝に大学の近くのファストフードでアルバイトをすることにした。朝の六時に家を出るのはきついが、深夜にキャバクラで働くことに比べたら天国のようなものである。そのまま大学へ行って勉強をし、週に何回かは夜にもアルバイトをする。忙しいのは変わらないが、友達と情報交換する余裕ができたし、新しいスーツも買えた。冬のインターンも申し込み、希望する会社をいくつかに絞った。

秋になると結が入ってきた。留花とは違う私立文系大学の大学生である。ふたつ下だが人見知りをしないので、すぐに仲良くなった。

一般的なファミリータイプの間取りなので、残りの二つの部屋は引き戸でリビングとつながっている。結はベランダのある大きな部屋を選んだ。

結は部屋にこもるよりもリビングにいたいらしく、家にいるときはフワフワした部屋着を着て、リビングとキッチンをうろうろしている。小食で料理にも興味がないが、さよりや留花が何かを食べていると、あたしも食べると言って同席する。甘いものが好きで、冷蔵庫は「ゆ」と書いたお菓子で溢《あふ》れた。

「──奈々子さんにはガールズバーで拾われたんだよね。奨学金貰《もら》ってるけどお金ないって言ったら、じゃあうちのマンションに来ないかって」

年末が近くなるとふるさと納税の返礼品が入って来るとかで、奈々子はいつもよりも食料をたくさん持ってきた。さよりは奈々子が来たときは必ず、鍋をやりましょうかと提案する。三人はリビングで即興の鍋を囲んだ。

「わたしはキャバクラ。就活費稼ぐのに体験入店してて、そこで」

カセットコンロの火を調整しながら留花は言った。肉は最高の出雲《いずも》牛、土鍋の底には利尻昆布が沈んでいる。そのほかにもそれぞれのものを持ち寄ったので、リビングテーブルの周りは食材で溢れていた。三人とも節約に明け暮れているというのに、食材だけは高級なのが妙な感じである。

「あー体入、お金になるよね。あたしもたまに行くわ」

結はうなずいている。ガールズバーだの体入だの、大学の友人たちとの会話には出てこない言葉である。結は留花とは違って化粧も服も派手だが、お金のない女子学生は同じ道を辿《たど》るのかと思うと切なくもある。

「奈々子さん、なんでキャバクラとかガールズバーに行くんだろうね。お金があるならホストクラブに行けばいいのに」

「ホストクラブにも行ったことはあるみたいよ。でも大金使うのが空《むな》しくなったって」

さよりは先輩らしく奈々子の代弁をした。まだ野菜も肉もあるというのに、新しい牛肉のパックをバリバリと開けている。

さよりは健啖家《けんたんか》である。特に肉の消費っぷりは気持ちがいいが、凝った料理を作っているのを見たことがない。鍋をするのは、珍しい食材を食べる方法を知らないからかもしれない。

「ホストって、困ってるから助けてって言うんだって。だったら本当にお金に困っている子を助けて幸せになってもらおうって思ったんだって。代わりにここにいるときは絶対に喧嘩しないで、接待だと思ってニコニコしてって言ってた」

「これまでにここにいた人たちも、キャバとかで拾われた人たち？」

「半々くらいかな。あたしは看護学校の先輩に紹介された。実習があるからバイトもできないんだよね。一年のときは実家から通っていたんだけど、遠いから限界が来てて」

「さよりさんの実家って都内なの」

「都内っていっても山の中だよ。ここより狭いし、弟と妹がいるんで個室もない。あたしがいたら下が勉強できないのも可哀想《かわいそう》でさ。あたし、ふたりとも大学行って欲しいんだよね」

弟と妹と口に出すとき、さよりの声は少し甘くなった。

さよりは家族の仲がよく、月に一回は家に帰る。さよりの面倒見がいいのは長女だからなのに違いない。留花が包丁で指を切ったときは、てきぱきと止血をして絆創膏《ばんそうこう》を貼《は》ってくれた。高校卒業後に一回就職してから専門学校に入り直したらしいが、看護師に向いていると思う。

「偉いね。あたしなんて、家族がどうなろうと知ったこっちゃないわ」

やや投げやりに結が言った。

「ふたりとも、実家が都内にあるだけいいよ。いざというときに泊まれるし。わたしは東北だから、帰省するのも一苦労」

留花はあまり実家の話をすることはないのだが、つい言ってしまった。

「地元の大学行けばよかったのに」

「地元に大学なんてないから。どうせ一人暮らしするなら仙台でも東京でも同じだと思ったんだけど、甘かったわ」

「いや、帰れるだけマシだって」

結が言った。結は結で何かを抱えている。誰がよりマシかの争いになり、三人は笑った。そろそろうどんを入れようとさよりが言いだし、留花が立って、奈々子から貰った稲庭うどんを冷凍庫から引っ張り出す。

このころが一番楽しかったと思う。大学生活とアルバイトと就職活動を同時にこなして、忙しかったが安定していた。さよりに面接の質問の回答、結に化粧の相談をすることもあった。就職活動は順調で、最初の内定が取れてからは余裕ができた。

留花は四年生になり、第一希望ではないがまあまあの食品メーカーに就職が決まった。

そして夏休みになってから、坂本翔太《しょうた》が入ってきた。


「――こんにちは、坂本翔太です。翔太と呼んでください」

キッチンの中にいる留花へ向かい、四人目の同居人の翔太は、はつらつとした笑顔で言った。

「これまでにも男の子がいたこともあったのよ。あなたたち仲いいし、たまにはいいかなって思って」

奈々子はいつものようにカウンターにどさどさとスーパーの袋を置きながら、てきぱきと言った。

翔太が大きな袋を持っていると思ったら米袋だった。ここでいいっすかねと言いながら、キッチンの中まで運び込む。

この人どこで拾ったんですか――という言葉を留花は飲み込んだ。目の前にいる翔太は健全な大学生そのものである。大きな体を包むオレンジ色のTシャツとリネンのシャツ。こなれたデニムと黒いリュックサック。腰のあたりには金属の鎖がじゃらじゃらしている。歌舞伎町や奨学金よりも、サッカーだのバーベキューだのという言葉のほうが似合いそうな青年である。

「――うち、部屋に鍵《かぎ》ないんですけど」

部屋から出てきたさよりが言った。さよりも戸惑っている。

「俺がほかの人の部屋に勝手に入るかもしれないってこと？　嫌だなあ、失礼なことはしませんよ」

「そんなことしたら一発NGよ。男女関係ないから。言ったでしょ、仲良くすること、清潔にすること、とにかく仲良くすること。喧嘩禁止だからね。喧嘩したら、どっちに原因があってもダメよ」

奈々子はいつものように、そこだけ語気を強くして言った。今日もピンク色のスーツを着ている。

「わかってます」

「ここの三人はみんな頑張ってるの。留花さんはもう就職決まったのよ」

「へえ、羨《うらや》ましいな。俺は三年なんでこれからです。いろいろ教えてほしいな」

翔太は留花に目をやり、満面の笑みを見せた。

翔太が入るのは最後の一室、リビングとつながっている和室だろう。今は何も置かず全開にしている。キッチンとリビングの音は筒抜けだし、これからは深夜にだらだらと配信のドラマを観《み》ることもできなくなるかもしれない。

さよりが無言でキッチンに入った。いつものようにカウンターの野菜を取り、冷蔵庫を開ける。

「あ、俺がやりますよ。新入りなんで」

翔太がさよりと冷蔵庫の間に割って入った。

「いいえ、場所が決まってるので」

「俺、女性に重いものを持たせることができないんですよね。古い男なんで。いいから任せてください」

「大丈夫です」

翔太がさよりのキャベツを奪おうとし、小さい争いが起こる。奈々子の目が少し細くなり、留花は焦《あせ》る。ドアが開く気配がした。

「ただいま、奈々子さん来てるの？　――あ」

入ってきたのは結だった。翔太がにこりと笑う。面接官が気に入りそうな笑顔だなと思った。結は翔太を見つめ、軽く首をかしげて耳にかかる髪を払った。

翔太は千葉県の大学生だった。実家も千葉県にあるのだが、就職活動のために住む部屋を探していて、友人から噂《うわさ》を聞き、歌舞伎町で奈々子をつかまえて直談判《じか》したという。奈々子は学生の熱意に弱い。困っている、一年間だけ助けてほしいとかきくどかれたら、すぐに承知してしまいそうである。

翔太の引っ越しの日は休日だった。といっても留花同様、大した荷物はなく、前もって宅急便で荷物を送り、キャリーケースを持参しただけである。

そのとき奈々子ハウスにいたのは留花だけだった。さよりは実家に帰り、結は友達と遊びに行っている。キッチンでコーヒー豆を計っていたら、和室の引き戸がいきなり開いた。

「こんにちは。コーヒー、俺が淹《い》れましょうか。けっこううまいんですよ」

「いえ結構です」

留花は言った。翔太はキッチンに人がきた気配を察して現れたらしい。聞き耳を立てていたのかと思うと少し憂鬱《ゆううつ》になった。

「コーヒーメーカーって勝手に使っていいんですか」

「どうぞ」

「よかった。俺、カフェインないと生きていけないんです。朝すごい弱くて、千葉だったらアルバイトにも通えそうにないんで住む場所を探していたんです。しかし東京って、住もうと思ったら高いですね」

翔太はおしゃべりだった。面倒くさいなと思いながらコーヒーメーカーのスイッチを入れる。結が出かけるまえに掃除機をかけていったので、リビングには埃《ほこり》もなかった。ソファーでゆっくりとコーヒーを飲もうと思っていたが、自室に戻ったほうがよさそうである。

「千葉でもアルバイトはできるんじゃないですか」

「いや、俺、テレビ局の制作会社でアルバイトしてるんで。そっちの就職目指してるんですよ」

つい最近まで就職活動をしていた身としては、少し興味をそそられた。奈々子ハウスに住んでからさよりの影響でバラエティー番組をよく見ているが、確かに翔太はテレビ局の雰囲気が合いそうではある。

「テレビ局は、相当倍率高いですよね」

「ほんとそうです。だからアルバイトから潜り込みたいんですけど、そうなったら遅刻できないでしょ。大学はいいけど。ここなら電車に乗り遅れても最悪タクシーで行けるし」

翔太は屈託なく笑った。

「ときどき目覚ましが大音量でかかると思うけど、気にしないでください。どうしてもうるさかったら部屋に入って起こしてくれていいんで。ていうか起こしてください」

「目覚ましは止めるかもしれないですけど、起こすのは無理です」

留花は言った。早朝アルバイトがあってよかったと思った。

「だったらリビングで寝ようかな。三人もいるんだから誰か起こしますよね。シェアハウスって、そういうのがあるからいいなって思ったんです」

「共有部分で寝るのはダメです」

「疑っているのかもしれないけど、俺、本当に何もしませんよ。女友達たくさんいるし、男ひとりで一緒にいても平気なたちなんで」

「――そういうことじゃないです」

留花は言った。勘違いをするな、当たり前だろうという言葉をこらえた。

「洗濯機って、自由に使っていいんですかね」

翔太は留花が乗ってこないのでがっかりしたらしい。ややテンションを下げて尋ねた。

「ノートがあるので、時間と名前を書き込んでください」

「ありがとう。そういうこと、さよりさんが教えてくれないんですよね。最初は丁寧に教えてくれたのに。これから洗濯してもいいかな」

さよりは共有部分の使い方にはこだわる。教えないとしたらこの男が図々《ずうずう》しいからだろう。

「今なら空いているので大丈夫です。ひとり四時間まで。前の人の洗濯物が入ってたら、勝手に取り除いていいことになっています」

「わかりました。留花ちゃん、って呼んでいいですか。さよりさんには断られたんだけど」

「——別にいいですけど」

留花は注意深く答えた。ちゃんづけは抵抗があるが、敵対していると思われるのも不本意である。早く自分の部屋に戻りたいと思いながら、留花はコーヒーをマグカップに注いだ。

「よかった」

翔太はにやっと笑った。

コーヒーを持ってキッチンを出ようとして、翔太の肩に軽く触れた。背が高くて、留花の視線が肩の下あたりに来る。かすかに汗の匂《にお》いがした。

「あ、すみません」

翔太は慌《あわ》てたように謝ったので、安心した。

「コーヒー、一杯くらいならありますよ」

留花が言うと、翔太は顔を輝かせた。

「ありがとうございます！」

部屋に入ってからミルクを入れ忘れたことに気づいたが、キッチンに戻りたくなかった。留花は仕方なくブラックのコーヒーを飲む。これからは自由に共有部分が使えない。近いうちに新しい部屋着を買いに行こうと思った。


均衡を破ったのはさよりだった。

「――いいかげんにしてほしいんですよね」

夏休みが終わっていた。予定のない休日に、課題になっている本を読んでいたら、玄関口で言い争う声が聞こえた。

「仕方ないことってあるじゃないですか。俺はバイトしながら千葉まで通学してるんですよ。片道一時間半かかるし。朝弱いんですよ」

「自分で選んだことでしょ。いいわけにならないですよ」

「話はあとで聞くから。バイト遅刻するんで行きます。ごめん、さよりさん！」

翔太もさよりも声が大きいので筒抜けだった。翔太がさよりを振り切り、玄関を飛び出していく。

翔太がいなくなってから、留花はそろそろと部屋の扉を開けた。

「さよりさん、何かあった？」

留花はさよりに声をかけた。今日の朝、坂本の部屋から大音量で目覚まし時計の音が響いていたので、そのことで喧嘩をしたのかと思った。

本人が言っていた通り、坂本の目覚まし時計はうるさかった。三つかけていて、それぞれの音が違う。ピピッという電子音、ジリジリとした金属音、電子音楽である。なかなか起きないので数十秒ごとに鳴る。先日はさよりが和室の扉を開けて坂本の部屋に入り込み、勉強できないので目覚ましを切ってくれませんか！　と叫んだらしい。

留花は早朝のバイトがあるので、平日の朝は坂本とかち合わない。リビングの近くでいちばん気にかかりそうな結が平気な顔をしているので、てっきり問題ないと思っていた。

「掃除のシフトだよ。坂本さん、今日もサボってて」

憤懣《ふんまん》やるかたないという声でさよりは言った。

「ああ――」

留花はつぶやいた。

この家の掃除当番は一週間交替である。終わったらカレンダーに名前を書く。共用部分のゴミを出したり、シンクの水切りネットを換えるといったような雑事も掃除当番がやる。

いつやるという決まりはないが、さよりと留花と結は申し合わせたように朝早く起きて掃除機をかけている。忘れてさよりに催促されたり、深夜に掃除機をかけたりしたことが何回かあったが、怠けたことはない。できそうもないときは誰かに当番を代わってもらう。

毎日の掃除はここに住む条件のひとつなので、どんなに忙しくても守らねばならないと思っている。

今週は翔太のシフトだった。

「この間の当番のときも結局、三日しかやらなかったんだよね。昨日やらないから言ったんだけど、今日もどうせ遅いよね」

さよりは険しい顔で言った。思っていた以上に怒っている。

「帰ってきてからやってもらうしかないね」

「坂本さん深夜バイトしてるから、今日中にやるのは無理。明日からの当番はわたしなのに。——留花さん、坂本さんに言ってもらえない？」

「え、わたし？」

「留花さん、坂本さんと仲いいでしょ。言うことときくと思う」

別に仲よくもないと思ったが、さよりに頼まれたら断りづらい。さよりは国家試験へ向けて勉強中なのである。自分が就職活動中のときは何かと気をつかってもらった。

「わかった。じゃ今度、わたしからも言っておく」

成り行きで留花は答えた。

こんなにいい条件のシェアハウスは滅多にない、住まわせてもらっているからには掃除くらいすればいいのに、それをしない坂本が恨めしい。


「——といわれても俺、めちゃくちゃ朝弱いんですよ。最初に言ったけど。ギリギリまで寝ていて、起きたらバタバタで、掃除する暇ないんです」

案の定、翔太ははいそうですかとは言わなかった。

なかなかタイミングがつかめず、翔太をつかまえられたのは一カ月後の週末である。さよりは実家に帰省していた。

さよりに依頼されてからも一回、翔太の掃除当番の週があった。翔太がさよりの忠告を聞いてくれればと願ったが、そんなことはなかった。翔太は当番の週に一回か二回、掃除をすればいいと思っているらしい。ゴミも集めないので、当番ではない誰かがキッチンとリビングのゴミをまとめる羽目になり、そのゴミ袋に翔太が自分のゴミを紛れ込ませる始末だ。

翔太が掃除をしないことより、さよりの目が厳しくなっていくほうが堪えられなかった。留花はほかに誰もいない休日の午後、翔太がキッチンに出てくるところをつかまえた。

「それはわかっています。だから深夜でもいいです。毎日掃除するのが決まりなんですよ」

「掃除なんて一週間に一度でよくないですか。どうせ昼間は誰もいないんだから」

「奈々子さんが毎日って言ってるんだから毎日です」

「賃貸契約書見たけど書いてないですよ。結ちゃんも、別にそんなルールないって」

「結？」

急に結の名前が出てきて留花は戸惑った。

さよりと翔太の仲が悪いので、自然に留花と話すようになっているが、結と特に仲がいいと感じたことはなかった。

「結ちゃんには朝起こしてもらってるし、終電でかち合うんでよく話すんですよ。掃除当番キツイって言ってました。別に、週に一回でもいいんじゃないですか」

「結に朝、起こしてもらっているんですか。いつから？」

思わず尋ねると、翔太はしまったという顔をした。

「結ちゃんとは部屋が近いんで、目覚ましが鳴ってても起きないときに、勝手に止めてくれるんですよ。ついでに揺すってもらうっていうか。俺は部屋に入ってこられても気にしないし。さよりさんには言わないでください。なんだかうるさそうだし」

結が翔太を朝起こしているとは知らなかった。結からも聞いたことがない。さよりもおそらく知らないと思う。

留花はバイトがあるので早朝に家を出る。おそらく次に出るのはさより。となると毎朝、この家には翔太と結がふたりで残されることになる。

結はリビングにつながっている引き戸をしっかりと閉めるが、翔太はたまに閉め忘れて、布団《ふとん》から長い手足がはみ出しているのが見える。薄いTシャツとハーフパンツの姿だ。さよりが見かけると、音をさせて閉めている。

しかし他人の部屋に入ってはいけないというルールはない。結と翔太がいいのなら、咎《とが》め立てる必要もない——。

「わかりました。でも掃除はしてくれませんか。さもないと奈々子さんに言いますよ」

留花が言うと、翔太は顔をしかめた。

「やらないなら先生に言いつけるって、小学生ですかね」

「だから言いたくないんです。奈々子さんが悲しむから」

「悲しむって」

翔太は苦笑した。

「留花ちゃんはもう就職決まったんだし、後期の学費も払ったんでしょう。奈々子さんの顔色窺《うかが》うことないですよ。俺はむしろ留花ちゃんに率先してルール改定を求めてほしいんだけど」

そういうことではないのだと言いたかった。奈々子はお金持ちで気のいい中年女性で、奈々子ハウスの住人は、従順でいるかわりに宿と食料を与えてもらう。そういうことにしておきたかった。奈々子が楽しいと思わなかったら、この特権は失われる。

「わたしはルール改定を求めてないので」

翔太にはわかるまい。留花は翔太に同調せず、話を打ち切って横を向いた。

さよりと留花の気持ちに反して、結は幸せそうだった。

むしろ翔太と話して初めて、結が幸せそうなことに気づいた。

一年前まではさよりと結と留花でよく鍋を囲んだが、翔太が入ってきてからはなくなった。さよりはリビングでなく、自分の部屋で鍋をしている。結は少しだらしなくなってきて、掃除当番はこなすものの、洗いものを流しに溜《た》めたり、洗濯物を洗濯機に入れっぱなしのまま外出してしまうことが多くなった。

深夜に留花が部屋を出ると、リビングで話している気配がある。結と翔太だ。翔太はインターンやカジュアルな面接を着々とこなし、アルバイトをしているテレビ局にエントリーシートを出した。テレビ局の就職エントリーは、ほかの業界よりも早いのだ。手《て》応《ごた》えがあったらしく機嫌がいい。

ふたりの仲がよくなるのに反比例するように、さよりは目に見えてイライラしている。仲良くしてね。喧嘩しないでね。奈々子は部屋に来るたびにそう言った。結のピンク色の下着を湿ったバスタオルで覆いながら、解決するのは自分なのだろうなと留花は考えた。

十二月になっていた。深夜に留花がキッチンに行くと、結はソファーでビールを飲んでいた。太ももがむき出しの部屋着を着て、留花を見るとちーすと言った。

「坂本さん、寝た？」

留花は尋ねた。

キッチンには乱暴に封を切られた柿《かき》の種の袋と、ビールの空缶が二本転がっている。この家でお酒を飲むのは結と翔太だけである。テレビには結と翔太がはまっている、配信のドラマが映っている。

「さっき寝たよ。明日なんかの面接あるんだって。翔ちゃんて朝弱いから。就活って大変だね」

「付き合ってるの？」

留花は尋ねた。

結は手を止め、ソファーにもたれかかるようにして首をかしげた。

「付き合っているわけじゃないよ。朝起こしてあげてるだけ」

「明日も起こすの？」

「まーね。翔ちゃんとあたしって趣味合うし、話してて楽しいんだよ。さよりさんには言わないでよ。面倒そうだから」

「前の彼氏は？」

「別れた。奈々子ハウスって、恋愛禁止なの？」

「それは知らないけど」

「翔ちゃんが、確かめておいてくれって言ってたんだよね。あたしは住むのに細かいルールなんて必要ないと思う。賃貸契約書に書いてあるわけでもないし、いったん住んだら居住権はこっちにあるんだから。どこかでルール改定するべきだよね。掃除とか、やりたい人がやればいいんだよ。忙しい人は免除してもいいと思う」

「みんな忙しいから無理だよ」

留花は驚いている。賃貸契約書だの居住権だの、これまでの結からは聞いたことがない。

結はだらしないところもあるがわがままではないし、しっかりしている。こんなに簡単に翔太から影響を受けるとは思わなかった。

「――そうだよね。不公平だよね」

結は、留花が賛同しないことに気づいて撤回した。

「翔ちゃん、テレビ局受けるんだって。難しいけど、面接に行きさえすれば自信あるって言ってた」

「あれは面接に強いタイプだよ」

褒めたくなかったが、渋々言った。

「就活厳しいけど頑張ってるんだよ。あたしはバカだから、男が頑張ってるとつい応援したくなっちゃう」

結は嬉しそうに笑い、缶のままのビールを飲んだ。そういうところはもとの結のままである。

「人のことより自分の就活考えなよ。友達と情報交換とかしないの」

「友達なんかいないよ。あたしは適当なところに潜り込むからいい。留花さんとさよりさんが怒ってるのって、掃除でしょ。翔ちゃんにはあたしからも言っておくよ」

結は自分のことになると投げやりになる。結の在籍する私大は有名ではないし、本人も勉強が好きではなさそうだが、きちんと戦略を練ればいいところに就職できるのに。

翔太の掃除当番は次の週からだった。やっていないのではないかとさよりはあちこちをチェックしていたが、ゴミの日の前日には袋が集められて玄関に置いてあったし、排水溝にも水切りネットがかかっていた。

カレンダーに書いてあった「坂本」の文字は結の字に似ていた。そのことにさよりは気づいていない。偶然に違いないので留花も気づかないふりをした。

どちらにしろ奈々子ハウスにいるのは卒業までである。最近は卒業したあとで住むところを探して、住宅情報サイトを見ている。奈々子ハウスはそれまで住んでいられればいい。

十二月の下旬、珍しく忘年会で遅くなった留花は、歩いて帰る翔太と結を見つけた。ふたりは並んで歩いていた。白いコートを着た結がはしゃいで翔太の腕にしがみつき、翔太は笑って結の荷物を持ってあげている。翔太はスーツ姿だった。就職活動――面接かグループディスカッションがあったあとで、ふたりで落ち合ったということか。翔太の背が高いので、うしろから見ると結の体がすっぽりとおさまって見える。

そういえばもうすぐクリスマスだったと留花は思い出した。この数年、クリスマスといえばアルバイトで、誰かと過ごしたことなどなかった。

ふたりはゆっくりと歩いていた。留花はふたりを追い抜くのを諦《あきら》め、回り道をしてコンビニエンスストアに入る。このことはさよりに言わないでおこうと思った。

さよりに隠しておけたのは正月までだった。結も翔太も、秘密にしておけるような性格ではない。

この年の正月、さよりと留花は実家に帰った。留花にとっては、学生になってから最初で最後の、アルバイトをしないでいい正月である。留花はよく頑張った、ろくな仕送りもできずに悪かったと両親に頭を下げられ、涙が出そうになった。

結は実家に帰らなかった。翔太は帰ると言っていたが、おそらく何日かはこちらに泊まっていたのだろう。休み明けにふたりは明らかに仲良くなっていた。

「――家の中でイチャイチャするの、やめてほしいんだよね」

さよりが言い出したのは、結と翔太がリビングのソファーでテレビを見ている時である。

翔太はテレビをよく見る。家にいるときはアニメからシリアスなドキュメンタリーまで、じっくり見ながらソファーの前に座っている。そのときは結と並んで海外ドラマを見ていた。翔太がいると、さよりが楽しみにしているバラエティー番組を見られない。

留花はキッチンでコーヒーを淹れていた。さよりは鍋《なべ》にパスタの袋を開けようとしていたが、リビングにふたりの笑い声が響き渡り、我慢できなくなったらしい。

結がびっくりしたようにさよりを見た。翔太は動画を止めた。

「イチャイチャなんてしてないよ。ふたりでテレビ見てるだけ」

「さっきからずっといるでしょ。そこにいられると、あたしがごはん食べながらゆっくりしようと思ってもできないの」

「見たいなら一緒に見ればいいじゃん。別に止めないよ」

「あたしはそういうの、好きじゃないんだよ」

「チャンネルの権限は見ている人にあるんでしょう。さよりさんに任せたらお笑い情報番組ばかりになる」

「そういうことを言ってるんじゃないの」

「じゃどういうこと？　ここの決まり、みんなで仲よくしろっていうのが一番最初にあるんじゃないの？　守ってないのはさよりさんだと思うよ。俺は、必要ないと思ってるけど毎日掃除しているのに」

「掃除してるのは結でしょ！」

さよりが叫んだ。

結が困惑したように翔太の肩をつかんだ。翔太が何かを言う前に、さよりに言う。

「——ごめん、さよりさん。翔ちゃんは忙しいから、できないときに代わってあげていたの。留花さんにも、就職活動中はそうしてあげていたから」

いきなり自分の名前が出たのでどきりとした。

事実である。留花が忙しいとき、さよりの実習のときはなんとなく、残りの人が掃除を代わってあげていた。結の大学はさよりと留花に比べるとカリキュラムが楽なので、結がやることが多かった。さよりも留花も、結の好意に甘えていた。

「毎日じゃなかったよ」

留花は言った。

「翔ちゃんのも、毎日じゃないよ」

「じゃカレンダーになんで坂本って書いてたの？　結がやったなら結って書いておけばいいでしょ」

「別にいいじゃん、名前なんてどっちだって」

「さよりさん、疲れてるんじゃないの。もうすぐ試験だから。忙しいならさよりさんの分、わたしが代わるよ」

留花が言うと、さよりは振り返った。きっと留花をにらみつける。

「留花さんていつもそうだよね。とりあえずその場を収めることを言う。あたしと話するときはあたしの味方、結と話すときは結の味方。就活だから、朝早いから、あれだからこれだからって」

さよりの憎しみは留花に向かっていた。留花は少しむっとする。留花も、場を収められるのは自分だけだと思って心を砕いている。さよりに言われて翔太とも個人的に話した。奈々子ハウスに住み続けるため、仲良くするためために。

「それは誤解――」

「ていうかさ、それを言うならさよりさんだって、奈々子さんが持ってくる食料、肉とか野菜とか、たくさん実家に持ち帰っているよね。それはいいの？」

留花の言葉を遮って、翔太が口を挟んだ。

さよりはびくりとした。

翔太を見る。乾燥パスタを握りしめた手が震えている。

「――翔ちゃん！」

結が叫んだ。

これは言ってはならないことだった。

さよりは引き出しを乱暴に開け、パスタをしまった。引き出しの中で、バラバラとパスタが散る音がする。ぐいと留花を突きのけ、キッチンを抜けていく。

結が立ちあがり、早足でさよりを追った。

コンロの上ではぐつぐつと、お湯が沸騰《ふっとう》する音がしている。

留花は火を止めた。ふと翔太を見ると、翔太はアメリカのドラマのように肩をすくめた。留花は翔太から目を逸《そ》らし、さよりと結の後に続いた。

「――さよりさん、いいよそんなの。奈々子フードなんて、奈々子さんが勝手に買ってくるんだから、好きなようにしていいんだって。誰も気にしてないよ」

玄関の前まで行くと、結がさよりを抱き、しがみつくようにして慰めていた。さよりは結より背も幅も大きいのだが、抱いているのは結だ。さよりは結に体を預けていた。

「さよりさん」

留花が声をかけると、さよりは顔を向けた。泣いている。

「ふたりとも知ってたの」

「いいよ、ぜんぜんいいよ。留花さんだって別にいいでしょ？」

結の言葉に留花はうなずいた。結に並んでさよりを抱きしめる。

「掃除ならわたしと結がやるよ。さよりさんは勉強に集中して。いい看護師にならなくちゃ。弟さんと妹さんの学費を出すんでしょ」

さよりは大きな体をふるわせて、ううう、とうめくように泣いた。結と留花はさよりを抱きしめ、いいよいいよと繰り返した。


さよりが奈々子フードを実家に持ち帰っていることには、結も留花も気づいていた。おそらく奈々子もうすうす気づいていたと思う。あるときから買ってくる食料が明らかに多くなった。さよりに弟と妹がいること、都内に実家があって月に一回は帰ることも知っているはずだ。さよりの両親が年金とパートの暮らしであるということも。

翔太が来る前は、奈々子フードが届いた日に必ずさよりは鍋にしようと言った。鍋の準備をしながら食材を整理して、余ったものをより分け、実家に帰る寸前にまとめて持って帰るのだ。

さよりはこっそりやっているつもりらしかったが、隠しきれるものでもない。結も留花も明らかにしようとは思わなかった。奈々子フードは足りている。運動部に入っているというさよりのきょうだいが、お腹《なか》一杯に食べられたならそれでいい。奈々子もそう思っているのに違いない。

あれからさよりは翔太と口をきかなくなった。翔太は深夜にならないと帰ってこないのだが、たまにかち合うときは部屋からほとんど出てこない。

「――なんだか俺が悪いのかな」

翔太は変わらなかった。雰囲気が良くないことに気づいていないわけはないが、アルバイトの隙間《すきま》を縫って面接の日程が重なっているので、考える余裕がないのだ。

翔太はテレビ局、映像制作関係の会社と、広告代理店に就職を絞っていた。いくつかにはエントリーシートを出している。

第一希望のテレビ局でグループ面接と個人面接を突破して、最終面接を残すのみになったと聞いたときは驚いた。対策ならほかの学生も練っているはずだし、アルバイトをしていたとはいえ、よく残れたものだ。

夕方だった。翔太は授業を早々に終えて帰ってきて、よそ行きのデニムとシャツに着替えた。これからテレビ局の関係者と飲みに行くのだ。翔太はアルバイトをいったん辞めていたが、誘いがあったらいそいそと出かけて行く。最終面接を控えた今ならなおさらだろう。

「悪いよ。でもおめでとうございます」

コーヒーをマグカップに注ぎながら留花は言った。

留花もアルバイトのシフトを休日に切り替えている。卒業論文を書いているので、家にいることが多い。

掃除当番についても、さよりへの暴言、結のことについても、言いたいことはあった。しかしどう言えばうまくいくのかわからない。

「お祝いは内定出てから言ってくれる?」

「自信あるんだね。わたしは面接はぜんぜんダメだった」

留花は言った。世の中には面接がやたらと得意な人がいる。留花は苦手なほうだ。就職活動は想定問答集を作り、気力を振り絞って頑張った。翔太のような人間が羨ましくないと言ったら嘘《うそ》になる。

翔太はふと首をかしげ、留花の顔を見つめた。

「留花ちゃんはもうちょっと笑えばいいと思うんだよね。髪伸ばして、化粧を明るくして、ピンク色の服とか着たら? 印象変わると思うよ。これからは出会いもあるんだろうしさ」

「ピンク色の服なんて趣味じゃないから」

「着てみたら変わるって。奈々子さんに、就職祝いに化粧品くださいと言えばくれるんじゃないかな。奈々子さん、お人好《ひとよ》しだから」

「奈々子さんのお人好しって、そういうんじゃないんだよ」

「でも俺、この部屋に来たとき、三人の中では留花ちゃんがいちばんいいと思ったよ」

留花は翔太に目をやった。

翔太は少し得意そうな表情で留花を見ている。好奇心いっぱいの少年のように瞳《ひとみ》が光っていた。

「――結と付き合っているくせに」

自然に言おうとしたら拗《す》ねたようになってしまい、留花は慌てた。悔しかった。翔太の言葉を一瞬でも喜んだ自分を恥じた。

翔太は唇をとがらせた。

「付き合ってないよ。そんなのどうでもいいだろ」

「でも結は坂本さんのことを好きでしょ」

「って言われても困るんだよね。だって結ちゃんてFランでしょ。留花ちゃんと違って。いくら掃除してくれたって、ガールズバーだのキャバクラだのに勤めている人とは付き合えないよ」

翔太はあはは、と笑った。ソファーの上に置いてあったリュックサックを取り、肩にかける。そのまま部屋を出て行った。玄関が閉まる音が聞こえた。

留花は呆然《ぼうぜん》として玄関を見ていた。

気配に気づいて振り返ると、引き戸がそろそろと開き、結が出てくるのが見えた。

結はぼさぼさの髪のままだった。夜のアルバイトにそなえて眠っていたらしい。

「――わかってたけどね。わたしバカだし。男運悪いから」

留花に向かって、結はぼそりと言った。

留花は答えられなかった。どう慰めたらいいのかわからない。

扉が開き、さよりが入ってきた。翔太が出て行ったのでキッチンに来たのだ。ただならぬ雰囲気を感じ取ったらしく、眉《まゆ》をひそめる。

「――いつだっけ。最終面接」

やがて留花は、ぽつりと言った。

「カレンダーに書いてあるよ」

「それまで、坂本さんの分も掃除してあげるの？」

さよりが結に訊《き》いた。さよりがこだわるのは、どこまでも掃除のシフトである。

「約束してるから」

結は力なく答えた。

「そうか……」

留花はつぶやいた。バカだねと言いたかったが言えなかった。

「鍋、しようか。最近、ぜんぜんしてなかったよね」

さよりがぽつりと言った。

その日の夜、留花とさよりと結は、久しぶりに鍋をした。

さよりは辛い鍋がいいと言い、結は辛いのが苦手だと言い、留花はどちらでもいいと言う。結局、以前と同じようになんでもありの鍋になった。


じりじりと目覚まし時計が鳴り、すぐに止まった。

三月になっていた。留花は単身女性向けのマンションを借り、アルバイトも辞めた。社会人になる準備は着々と進み、数日後に奈々子ハウスを引き払う。入社する前に、友人と旅行に行く予定である。

「おはよう」

朝だった。留花がキッチンに入るとさよりがいて、スクランブルエッグを作っていた。リビングのテレビには、さよりがつけたのだろう朝の情報番組が流れている。

さよりも国家試験が終わったので表情がやわらいでいる。看護師の資格が取れたら地方の総合病院に就職し、寮へ引っ越すことになっている。

冷凍のパンをトースターに入れていると、翔太の部屋から結が出てきた。いつものフワフワの白い部屋着で、太ももがむきだしの短パンだ。目覚ましを止めたのは結だった。

「おはよう。卵余ったけど食べる？」

さよりが声をかけた。スクランブルエッグをフライパンから皿にあけている。

「要らない」

「さよりさん、わたしもらってもいい？」

「いいよ。残しとくから勝手に食べて」

結は冷蔵庫を開け、「ゆ」と書いてあるヨーグルトのパックを取り出した。スプーンを持ってリビングのソファーに座ろうとする、そのときにもうひとつの目覚まし時計が鳴り出した。

「——もう」

結は怒ったように呟《つぶや》いて立ち上がり、翔太の部屋に入った。音がぴたりとやむ。

「坂本さん、まだ寝てるの？」

留花は尋ねた。

今日は、翔太がアルバイトをしていたテレビ局の最終面接の日である。

個人面接に合格したときに触れ回っていたので三人とも知っている。翔太はさすがに緊張しているようで、前日は早めに寝た。目覚まし時計もいつもよりも念入りにしかけているようだ。

それでも安心して眠っているのは胆力があるのか、結が起こすと信じ込んでいるからか。結は個人面接の日には頼まれもしないのに早く起きて、翔太を起こすためにスタンバイしていた。

「寝てる」

結が答えて、時計を見る。

面接は十時かららしい。翔太はロングスリーパーで、放っておいたら昼まで寝る。

「今日くらい、自然に起きればいいのに」

さよりが迷惑そうに言った。スクランブルエッグと焼いたハムを乗せた皿をテーブルに置き、茶碗《ちゃわん》に大盛りのごはんを盛り付ける。

「本当にね」

留花は答えた。トーストはこんがりと焼き上がっていた。皿に置いてスクランブルエッグを盛り付け、厚いバターを落とす。ひとり暮らしになったら、こんなふうにバターを使えなくなると思うと残念である。

もう目覚まし時計は鳴らなかった。テレビからは情報番組の音が流れ続け、午前九時を過ぎた。三人はなんとなく顔を見合わせ、くすくすと笑い合った。

＊

「――坂本さん、なんて言ってたんですか」

　火鍋が煮えていた。

　奈々子は麻辣湯《マーラータン》、さよりはトマトスープ、結は豚骨白湯《パイタン》、留花は酸辣湯《サンラータン》。赤がふたつ、白がふたつ。四つの四角の中で、肉と野菜が踊っている。

「就職決まったって。どこかの広告代理店ですって。マンションを出てから連絡なかったけど、さよりちゃんと結ちゃんと留花ちゃんに連絡しておいてくれって言われたの。あなたたち、仲良かったよね」

　ラム肉を真っ赤なスープにつけながら奈々子は言った。額に汗をかき、化粧が少し落ちている。若く見えるが、やはりそれなりの年齢なのだなと留花は思う。

「そうでもないですよ。連絡先知らないし。坂本さんがマンションにいた時期って、あたしは試験勉強があって、部屋に閉じこもってたんですよね」

　さよりが言った。

　さよりは総合病院の看護師になり、寮生活をしている。慣れない職場がストレスフルなのは留花と同じだが弱音は吐かない。おかげで留花もくじけそうなときに頑張ろうと思える。

「あたしもあまり記憶にないなー。留花さんとさよりさんと坂本さん、同じ時期にダーッと出ていっちゃったんですよ。急に寂しくなっちゃって」

「坂本さんが第一志望の会社に落ちて、荒れてたのは覚えてる」

「テレビ局落ちちゃったんだよね。残念だったわよね」

「坂本さんて朝弱い人で、最終面接の日に、目覚まし時計が不調で起きられなかったんです。それじゃ落ちるのも仕方ないですよね、テレビ局って朝早そうだし。——留花さん、酸辣湯もらっていいですか」

「どうぞどうぞ。わたしも豚骨白湯とトマトスープもらうわ。結もどうぞ」

「じゃ遠慮なく」

「麻辣湯も食べなさいよ。体温まるから。麻辣湯に入っていたお肉を、ゴマダレにつけて食べるのが美味《おい》しいのよ」

新しい取り皿とレンゲが回ってきた。それぞれがスープを交換する。

留花は麻辣湯に沈んでいた野菜と肉を食べた。辛すぎて口の中が痛い。何の肉なのかわからない。体がじんわりと熱くなってくる。

「目覚ましって、自分で止めて、そのまま寝ちゃうことあるよね」

「あるある。思い出したころに鳴ってたりね。共同生活ってそういうのが困るんだよね。

我慢できなかったら勝手に部屋に入って、止めていいってことになってた。坂本さんが自分でそう言い出したんだよね」

「――失礼します」

店員がやってきて、うどんと刀削麵《トウショウメン》とインスタントラーメン、白飯を置いていく。奈々子がインスタントラーメンを割り、麻辣湯に入れた。

「あのマンション、今はどうなってるんですか」

留花は尋ねた。

「新しい子が三人で住んでるわ。みんないい子。もう一部屋余ってるけど、当分このままでいいかなって。三人ならいいけど、なぜか四人になるとダメになったりするの」

奈々子は目を細くした。奈々子ハウスは何年かごとに住人が入れ替わる。これまでずっと平穏だったわけではないだろう。今日、奈々子が坂本を呼ばなかったのはなぜだろうと考えた。

「うちの学校の後輩で、行きたいって人いると思いますよ」

「空いたら紹介して。掃除を毎日して、仲良くやれる子。仲いいのっていいわよね。わたし、ふるさと納税の返礼品を全部、食料品にしているの」

奈々子はすっかりやわらかくなったインスタントラーメンを上品にすすった。たくさん頼んだはずなのに、具材の皿は空になっていた。それぞれの麻辣湯の取り皿のふちには、しぼんだような唐辛子の残骸《ざんがい》が残っている。

「そろそろお腹いっぱいになったかしら。留花ちゃん、デザート注文して。ライチの盛り合わせがあったよね。食べたいでしょ」

奈々子に命じられ、留花は注文のタッチパネルを取った。左右からさよりと結が覗《のぞ》き混む。

「あたしはマンゴープリンがいいな。おいしそう」

「あたしはソフトクリーム」

「じゃわたしは杏仁豆腐《あんにんどうふ》にする」

「みんな違うのねえ」

楽しそうな奈々子を見て、留花は安心する。

タッチパネルは相変わらず反応が悪いが、ずっと注文係をやっていたのですっかり慣れた。

留花はデザートが来る前に、最後の麻辣湯と残りの具材をすくいあげた。ふと思いつき、全部を一口で食べてみる。とても辛くて美味しかった。

初鍋ジンクス

清水朔

清水朔

Shimizu Hajime

唐津市生れ。
2017年『奇譚蒐集録　弔い少女の鎮魂歌』が
日本ファンタジーノベル大賞最終候補に。
同シリーズに『奇譚蒐集録　北の大地のイコンヌプ』
『奇譚蒐集録　鉄環の娘と来訪神』がある。

1　初鍋《はつなべ》ジンクス

——初鍋ジンクス。

先輩風を吹かせながらそれを教えてくれたのは、隣の売れ残りの菊花《きくか》だった。

「あんたはさ、来たばかりだからどうせ知らないでしょ。教えてあげるよ」

押しつけがましい物言いだ。別に聞きたくもなかったが、菊花は勝手に話しだした。

念のための補足だが、「売れ残り」とは文字通りである。釉薬《ゆうやく》は鮮やかな瑠璃《るり》、蓋《ふた》は菊花の意匠。ゆえに一般に菊花と呼ばれる。八号サイズといえば口径二十五センチ。新婚家庭や子どもが小さい四人家族ならそれで十分、一番需要のあるサイズのはずだ。なのに蓋の窪《くぼ》んだ花びらの内側には払いきれなかった埃《ほこり》が薄く残っている。

「この棚では私が一番の古参だからね」

自慢することではないだろう。売れなかった負の実績だ。そうスか、と俺はそっけなく答えた。

「やたら大きいけど、あんた何号よ、花三《はなみ》島《しま》」

花三島とは俺のことだ。灰色の生地に白い象嵌《ぞうがん》文様はいわゆる三島暦の見立て、三島《みしま》手《で》とも暦手《こよみで》とも呼ばれるが、そこに小さな白花をあしらえば花三島となる。枦実窯《はしみがま》、橋上《はしがみ》製陶所出身の新参《ニューフェイス》だ。

「十号っス」

つとめて自然に言ったつもりだったが、少々得意気に聞こえたかもしれない。

なにしろ焼成後、冷まされているその時間、周囲からは悲痛な罅《ひび》割れの音が聞こえ続けた。枦実窯を継いだ俺の作り手は年こそ若いが、腕はいい。だがその日は季節の変わり目、急激な温度差は天気予報でさえ予見できなかった。さしもの親も同様だ。

罅も欠けもなく、堂々たる姿で相対できたのは俺だけだったのだ。

十号と言えば口径三十一センチ、高さ十七センチ。大人六人に対応し、最大四リットル、重量は三・五キロにも及ぶ。食材を入れて移動させる場合は、かなりの腕力を要するだろう。

大きいわね、と菊花は呟《つぶや》いた。負け惜しみのように聞こえて、少々気分が良かった。

自分でいうのもなんだが、存在感は誰にも負けない。

「まあでも、そんな重量級、買う人はいないかもだけど。値も張るし」

確かに値は張る。だが、もう一年近くもこの棚にいる菊花に言われる筋合いはない。

「それで、その初鍋ジンクスってほんとなんスか」

「ええ、語り継がれているジンクスよ。ほら、やっぱり気になるでしょ？」

頼まれもしないのに教えてくれると言ったのはそっちの方……と言いかけて俺は口を噤《つぐ》んだ。怒らせて面倒になる予感がしたからだ。

初鍋ジンクス——曰《いわ》く、最初に作られる料理で、鍋の寿命が変わるというのだ。

「具体的に、何鍋なら何年保《も》つ、とかあるんですか？」

「わかんないわよ。私が料理名なんて知るわけないでしょ」

そりゃそうだ。菊花も「初鍋」未体験鍋なのだ。

「だいたい、料理の内容より、どう考えても手入れがちゃんとしている方が長持ちする鍋になりそうじゃないですか」

そうとも限らないから縁起担《ジンクス》ぎなのよ、と菊花はいう。

「要するに食材よ」

「食材？」

「『最初の食材が少ないほど長持ちしない』とね。逆を言えば『具沢山』であればあるほど長持ちする、と言われてる。具材が多ければ、それだけ強い力を持ったモノに当たりやすいからだと思うわ」

新鍋《サラ》は力を取り込める素地が残っているらしい、という。よく理解できないが、つまり新しいものほど力を取り込め、何度も使用されるにしたがって、その力を取り込めなくなるのだと言う。

「強い力、スか」

具材からどんな力を取り込めるというのだ。取り込んでどうするというのだ。

「あんただって目標あんでしょ」

さも当然という口調。

「目標？　なんスか目標って」

あらやだ、と菊花は呆れた風だ。

「あんたの周りはそういうのも教えてくれなかったの？　とんだ赤ん坊だこと」

カチンとくる物言いをする。が、俺は黙る。たしかに生まれてまだひと月しか経《た》っていないし、割れてしまったたくさんの兄弟とはなんの話も出来なかった。物を知らない自覚はある。

「付喪神《つくもがみ》、って聞いたことない？　百年《ももとせ》に一年《ひととせ》足らぬつくもがみ……百年を経た道具には魂が宿るって言われてるじゃない。私たち器物の目標はだいたいこれ。制限などなく、誰にでも我が意を伝えることのできる存在になること」

たしかに、今は同じ器物同士でしか意志を伝え合えない。

「想《おも》いを伝えたい相手に気持ちを伝える手段を得るためだけに百年よ。その相手が人間だったとしたら、百年の間に伝えたい相手がいなくなるっていうのにね」

矛盾してるわよね、と菊花は少し悲しそうに見えた。たしかに人であれ道具であれ、百年保たせるのは大変なことだろう。

「いずれにせよ初期に強い力を取り込めたものだけが、百年という期間を経ることができ、晴れて付喪神として高次の存在になれる、ってね。化け物なんて言われるのは業腹《ごうはら》だけど。初鍋というのは、その存在になれるかを左右する力を持っているものなのよ」

俺は頭がよくないのだろうか。菊花の言うことがあまりよく理解できない。

「あの、初鍋ってじゃあアレもですか、目止め」

俺の作り手の親は、ちゃんと説明書きを入れてくれた。土鍋には、陶器に特有の細かい穴がある。微《かす》かな罅なども。それらを称して「目」と呼ぶが、塞《ふさ》ぐための糊塗《こと》を「目止め」という。糊塗は文字通り、米の研ぎ汁か片栗粉を溶かしたものを鍋の中で煮立たせ、糊で塗り込めることだ。これで臭《にお》いの元となる穴や罅を防ぎ、器を強く、長持ちさせることができる。目止めを兼ねて粥《かゆ》を炊《た》く人も多いという。

粥が初鍋だとすると、食材が少ないにもほどがある。米だけだ。だがそれをしてもらわなければ長持ちはしないだろう。ジレンマだ。

「あ、目止めはノーカウントよ」

棚から落ちそうになる。まさかのノーカンか。

米の力は小さくないけどね、と菊花は言い添えた。粥鍋の中から付喪神化したモノも多いらしい。

「まあ粥しか炊かない土鍋もないではないけど、それは鍋専門の土鍋とは言い難いわ。初鍋ジンクスの鍋定義からは外れるんじゃない？」

たしかにどんな使い方をされても構わないが、俺たちサイズの土鍋を炊飯にしか使わないのもまた稀有《けう》な例ではあるだろう。

「目止めの後の鍋が対象よ。初鍋ジンクス。私たちほどの大きさで粥専門だとか、雑炊だとかっていうことはないと思うけどね、効率悪そうだし」

菊花は自信たっぷりに言い放つ。自分もそれほど小さくないという自負が透けて見える。

「楽しみね。せいぜい具だくさんの初鍋に恵まれるといいわね、花三島」

——その前に売れなければならないだろうに。

冷めた俺の態度にも気づかず、さんざん喋《しゃべ》り倒した菊花は、気分良く鼻歌などを歌っている。

2　一組目の所有者《オーナー》　卓也《たくや》と百々子《ももこ》

市内でも大きな百貨店、その上層階の「食器・調理用品」コーナーに菊花と並んでいた俺を、ふいに思いついたからと勝手に動かした担当者はどうかしている。しかも「ブライダルギフト」の棚にだ。

十号サイズだぞ。大人六人用だぞ！　叫びたかったが、もちろん担当者の耳には入らない。不本意な出向だ。売れ残りでもしたらどうしてくれる。

移動の時、菊花も呆れた様子で、せいぜい棚の主にでもなりなと呪《のろ》いのような別れの言葉をくれた。さすがにブライダルギフト棚の主になる覚悟を決めねばならぬかと腹をくくった。

――だが。

「いいじゃないか、これにしようぜ！　大家族にしろよって意味も兼ねてさ」

俺は即座に売れた。なるほど、洒落《しゃれ》と寿《ことほ》ぎを込めるというわけだ。多少値の張る俺ではあるが、数人で負担すればそう高い祝儀《しゅうぎ》でもない。自分で言うのもなんだが、俺は見《み》栄《ば》えもいい。贈り物としては最適だ。長年ブライダルに携わっていた担当者の目は確かだったというわけだ。

買ってくれたのは新郎の職場の同僚たちだそうだ。

俺は仰々しくラッピングされて購入者のひとりの車の中に運ばれた。結婚を明日に控えた新郎の家で、今夜は独身最後の飲み会だという。俺はその会に持参されることになった。

「結婚おめでとう！」

差し出された俺をみて、新郎は笑いながら苦情を言う。

「なんだよデカすぎるよ！　何人子ども作ればいいんだよ！」

一斉に座が沸く。

新郎の名は卓也。彼はしげしげと俺を検分して、なぜか眉間《みけん》に皺《しわ》が寄る。その顔に落ちた陰りが気になった。

「どうした卓也、……マリッジブルーか？」

俺の気のせいじゃなかったのだろう。同僚の一人がそう声をかけていた。

「いや、なんか実感なくてさ」

「暮らしはじめたら実感するだろよ。十も年下の嫁さん捕まえておいて贅沢《ぜいたく》だぞ。大事にしろよ？」

解《わか》ってるよ、というその笑顔に隠れて陰が濃くなる。

彼らにはその陰はもう見えないのだろうか、それ以降、気にした様子はなかった。早々に酒が入ったからかもしれない。

彼らの話を総合すると、係長である卓也の下に付いた今年の新人、そのうちのひとりが、嫁の百々子であるらしい。

同じチームの営業職、教育係として一緒に得意先回りをし、人一倍仕事についていけない百々子の悩みを聞き、慣れない酒に嘔吐《おうと》する彼女の世話を焼き、やがて二人きりで出張に行く機会が訪れ、取引先の飲み会で泥酔《でいすい》し、気づけば二人とも同じベッドに寝ていた――のだそうだ。

あの妊娠騒ぎがな、と誰かの声が聞こえた。声を潜めた様子だったが、筒抜けだ。

「俺はてっきり同期の矢山《ややま》とくっつくもんだと思ってたんだけどな」

卓也の顔に再び陰が落ちていた。

＊

百々子に妊娠したと言われたことで卓也は結婚を決めたらしい。だが結果として彼女は妊娠していなかった。原因は『妊娠検査薬の誤感知』らしいが、それを知らされたのは披露宴直前だという。

社内恋愛は基本的にはどちらかを異動させるというのが慣例の会社だったが、百々子はすぐさま退職の手続きを取った。その後、産婦人科で妊娠していないことが判明しても、彼女は退職手続きを撤回したりはしなかった。元々向いていなかった営業職でもあり、当初妊娠を信じ込んでいたためでもあろう。

片や二十三歳の新人、片や三十三歳の働き盛り。せっかく採用した新入社員を退職に追いやった卓也には、本来会社からのペナルティが科せられるはずだったが、百々子本人の業績が揮《ふる》わなかったためか、卓也の実績の高さゆえか、なぜか免除されていた。ちなみに百々子は、披露宴に会社関係者を招待していない。同期ですら、だ。卓也の方は当然会社の関係者で埋まっていたが、列席した関係者の、新婦を見る目は冷ややかだったという。

「冷ややか、というのは少し優しい言い方ね。目から火炎放射しそうな勢いで睨《にら》まれていたわよ。大顰蹙買《だいひんしゅく》ってた。百々子はどこ吹く風で、卓也の方が肩身が狭そうだったわ」

面白そうに話してくれたのは卓也の結婚指輪である。

付けているのは慣れないし、取引先に揶揄《からか》われるからと、卓也は披露宴の後からリビングのリングピローに置きっぱなしだった。おかげで俺はすっかり事情通である。

百々子はそれが許せないらしく、日がな一日電話で友人たちにそれを愚痴っている。

「一応、卓也の指輪だけど、あたしはもう指に嵌《は》めてもらうことはないかもしれないと思ってるわ。なんだか卓也が可哀想《かわいそう》になっちゃったんだもの」

指輪にまで同情される卓也の不憫《ふびん》さに、俺もため息が出る思いだった。

披露宴後、卓也は見る間に憔悴《しょうすい》した。気の毒なほどのやつれようだった。会社のペナルティはなくとも、人の心はそうはいかないのかもしれない。会社でも家でも、気の休まる時間はないように見えた。

片や百々子はのびのびと暮らしていた。もともと仕事を辞めたくて仕方がなかったらしい。妊娠検査薬の誤感知もどうやら友人の入れ知恵のようだった。

「真亜子《まあこ》のおかげよ。卓也、まったく疑わなかったもの」

電話のやりとりを聞いているうちに、卓也の指輪同様、俺も彼が気の毒になってきた。とはいえ、百々子は百々子で、辛《つら》い会社生活から脱出したがっていたらしい。卓也はさしずめ、溺《おぼ》れる者にまんまと摑《つか》まれた藁《わら》だったというわけだ。

「え、矢山先輩？　ああ、最初は確かに当たりが強かったけど、披露宴じゃにこにこしてたわよ。物色してたんじゃない？　見なかった？　マル高目前で必死なのよ。たしか卓也と同じ年次でしょ。私も得意じゃないけど、パソコンだって苦手みたいだし。女であの位置まで登ってるのはすごいとは思うけど、あの年齢でバリキャリ目指してんのって必死すぎてウケる」

百々子は勝ち誇ったように笑っていた。

念願の専業主婦の座を手に入れた百々子だが、残念なことに家事全般が苦手だった。料理も外食や出前でしのいでいた。そろそろ肌寒くなりはじめた初秋、一度は俺を手に取りはしたが、あまりの重さに持ち上げただけで閉口した様子だった。そのまま箱の上に置き晒《さら》し状態。そもそも土鍋は使ったこともないようだった。これを機に、俺は堂々と見聞を深めることにした。

ここに引っ越してきてもう一ヶ月が経つが、段ボールはまだリビングに山積していた。卓也が深夜に少しずつ片づけていたが、焼け石に水だった。俺はリングピローの指輪と仲良くなるほどには、その場に放置され続けたのだ。

百々子の目下の楽しみは、卓也の仕事の都合で遅れに遅れた今週末のハネムーンである。グァムとやらに行くのだという。卓也もまとまった休みが取れるようだった。一日中一緒に居れば、仕事の疲れも忘れられるはずだと、百々子は自信たっぷりだった。

結婚以来、同衾《どうきん》でさえ拒否されていることは、さすがに親友にも告げていないらしいが。

「そうなの、今度ベッドを買おうと思ってて〜キングサイズの。でもハネムーンベイビーが欲しいのよ私は〜」

百々子はコードレスの子機を持ったまま部屋を出て行き、また戻ってきた。手にはいっぱいの袋菓子を抱えている。ソファーにくつろぎ、下に食べかすが落ちるのも構わずに食べ散らかしている。

卓也は深夜にしか帰って来ず、今、百々子が座っているソファーベッドで寝ているらしい。朝は百々子より早く起き、やつれた顔のまま会社に行っているが、部屋に帰ってくるたびに、床の上に散らかった食べかすを片づけている。百々子はそれを解っているのだろうか。

「やあね、何真面目《まじめ》に聞いてんの。幸せよ。仲良くやってるわ。真亜子も早く結婚しなさいよ」

きゃっきゃと楽しげな百々子の会話を聴きながら、俺は最近ため息でしか声を聞いていない卓也のことを思い出していた。

＊

事態が動いたのは金曜の夜である。明日はもうハネムーンに発《た》つという日だった。

百々子は大きなスーツケースをリビングに広げている。水着も三着、床に落ちている。どれがいいかを帰ってきた卓也に選ばせるためらしい。そういうものが床といわずテーブルといわず、ソファーの背もたれに至るまで、あちらこちらに散乱していた。

「百々子、話がある」

早めに帰宅した卓也に、百々子は驚いていた。今日は休暇に入る直前だから、仕事の引継ぎで遅くなると聞いていたのだ。

「どうしたの、早いね。明日のため？」

「丹志田《にしだ》真亜子さんって、友達だよな」

高校時代からの親友である。既に彼女の交友範囲は俺も詳細に把握していた。

「そ、そうだけど。真亜子が何？」

急に何をいいだすのか、と訝《いぶか》しげだ。

「丹志田さんが教えてくれた。妊娠検査薬の誤感知じゃなくて、あれは別人のものだったんだってな」

「え」

卓也の問いかけは、疑問ではなく、確認だった。

「出張の時、俺のウイスキーに睡眠薬を入れたんだってな。それで既成事実を装《よそお》って、かつ妊娠したと偽った。俺は責任を取らざるを得ない。先生にも妊娠検査薬の誤感知はよくあることだと説明されて、俺も納得はしたが。全部グルだったんだな」

「グルってなによ、その言い方。まるで私がわざと」

「わざとなんだろ」

卓也はいままで聞いたこともないくらい冷たい声を出している。

「惚《とぼ》けても無駄だよ。丹志田さんが全部教えてくれた」

「嘘《うそ》よ！　真亜子は」

百々子は言葉を飲む。そんな根も葉もないことは言わない、あるいは秘密を言うような人ではない、と続けるつもりだっただろうか。

卓也は淡々と話し続ける。

「丹志田産婦人科のことをよく知ってるやつがいてな」

生理不順で、高校生の時から通っている女性だという。

「妊娠検査薬の相談をして、水を向けたら話してくれたそうだ。今の検査薬は性能が上がっていて、誤感知はほとんどない。たまにありはするからもちろん虚偽ではないが、ある一組のカップルに曖昧《あいまい》な表現で説明したことを先生は後悔していたそうだ。娘に頼まれたらしいがな。その娘が勝手に使用済みの検査薬を持ち出したことまでは知らなかったらしい」

百々子の顔には、どうして、と書いてあったのだろう、卓也は苦笑したようだった。

「真亜子さんが喋ってくれたそうだ。大好きな親友の頼みだったから協力したけれど、結果として伴侶《はんりょ》を騙《だま》したことに罪悪感を覚えるどころか、他人を蹴落《けお》としたことを勝ち誇るようになってしまったと。自分の協力は間違っていたとな」

「真亜子はそんなこと言わない！」

「本人に聞けばいいだろ。全部話してくれたぞ」

百々子は慌《あわ》ててコードレスの子機を取り上げリダイヤルボタンを押したが、相手は出なかったようだ。

「俺に対して罪悪感を持ってくれていたようだよ。……披露宴で俺の友人を紹介されて付き合っているって、教えてもらわなかったか？」

　最近真亜子が誰かと付き合っていることは聞こえていた。大して興味もない百々子は半ば聞き流しては、ハネムーンの話題へとすり替えていたが。そのくだりは具《つぶさ》に聞いてきた。

　思えば、大丈夫なの？　と真亜子は頻繁に訊《たず》ねていた。卓也とは仲良くやっているのか、今幸せなのかと。

「百々子――別れよう」

　百々子が声にならない悲鳴を上げる。

「いやよ！　明日からハネムーンなのよ！」

「行けると思っているのか？　この先も俺を騙したまま一緒にやっていけると？」

「だってそんな……！」

　百々子は泣きながら金切り声を上げている。

「私は楽しみにしてたのよ！　飛行機も宿も何もかもキャンセルしろっていうの⁉」

「キャンセルするのはそれだけじゃない」

　卓也は一枚の紙を取り出した。

「それは」

「婚姻届だ。ハネムーンから帰ってきたら入籍する手筈《てはず》だったよな。今ならなんの障害もない」

いうなり、彼はそれをまっぷたつに引き裂いた。

「披露宴もハネムーンも全部俺が金を出している。キャンセル料は俺が払う。お前の懐《ふところ》はこれっぽっちも痛んでいないはずだ。負担も補償も求めない。別れてくれ。そうでなければ裁判に持ち込むぞ」

今、この状態でどちらに非があるかは明白だ。

「ひどい……みんなにお披露目までしたのに！」

「誰にどう言い訳するかはお前の勝手だが、俺はもうお前とは一緒に暮らしていけない。俺は友人のところに身を寄せるから、早いところ荷物をまとめて出て行ってくれ。半月で出て行かない場合は、弁護士を立てることにしている」

「ひどい！　ひどい！」

卓也は何も言わずに部屋を出て行った。こうなる予感はしてたんだよね、と彼の指輪が小さく漏らしたのが聞こえた。

＊

百々子は半月も掛けずに荷物をまとめて出て行った。卓也は友人たちと部屋を訪れ、盛大に散らかされた残骸《ざんがい》に呆れていたようだった。何しろ食器棚の食器は全部床に落とされたまま、カーテンはずたずたに切り刻まれているありさまだったのだ。

不思議なことに、俺は無事だった。置き物然としていたからだろうか重すぎたせいだろうか。あるいは存在を忘れられていたのかもしれない。

卓也は無事な俺を見つけるや、一緒に居た友人に俺を渡した。固辞する彼に、どうせここにあるものはほとんど処分するつもりだから、と答えていた。理由は「縁起が悪いから」だそうだ。あまり良い思い出とは言えないものを引き続き使うのは、憚《はばか》られる要素になるらしい。

卓也はその後、矢山という同期の女性と再婚したという。矢山という女性が披露宴の二次会で、丹志田真亜子に会社の後輩を紹介していたという話を、聞いた覚えがあった気がするが、事の真偽を聞こうにも、卓也の指輪とはそれっきりになってしまった。

指輪は付喪神になる可能性が高い。耐久度が高いうえに、大事にされやすく、引き継がれやすいからだ。だがこうしていずこともなく姿を消す場合もあるのだと知った。

――縁起。

目に見えないジンクスは、思った以上に俺たちの運命を左右する。

3　二組目の所有者《オーナー》　元春《もとはる》と詩織《しおり》

卓也は俺を手放したが、押し付けられた友人もまた、巨大サイズの俺を持て余したらしい。何せ男の一人暮らし、使う機会もなければ置く場所とてない。

折しも季節は正月。祖父母宅であれば帰省してきた親族らと鍋を囲めるだろう。彼は体よく俺をそこに置いて帰る算段をつけていたようだったが、生まれた子どもを見せに戻ってきていた従兄弟《いとこ》夫婦に目をつけた。何せ一度も使われていない、それなりに高いデパートの袋に入ったままの、見栄えの良い土鍋だ。遅ればせのお祝いだと押しつけた。

縁起のことは黙っていれば解らないと思ったのだろう。事実、そのことを夫婦が知ることはなかった。

彼らは二組目の俺の所有者となった。夫、元春。妻、詩織。子どもは新生児の男の子で翔《しょう》。加えて家には三毛とキジトラの二匹の猫がいた。

三人暮らしのその家には、既に使いこまれた八号タイプの伊賀焼の鍋もいた。黄赤褐色の土に、刷毛《はけ》でさっと刷《は》いたようなガラス質の緑釉が光る。どっしりとしたその形によく似合っていた。刷毛目、と呼んでいいと彼は言った。

「なんだい、ずいぶんデカい若造だね」

貫禄《かんろく》たっぷりの爺《じい》さんのような物言いだった。

「ええ若造ですよ。初鍋もまだで、しかも縁起もよくない鍋ですよ」

「これはずいぶんと卑下したもんだの。どういう経緯でここに来たかい？」

刷毛目の爺さんは聞き上手だった。俺は前の持ち主についての物語を語った。

「その若い嫁に叩《たた》き割られんでよかったの」

ほんとですよ、と俺は苦笑した。

「だがこの家でお前さんの出番はあるかのう」

嫌味でなく、爺さんは心配してくれているようだった。

「セラミックほどの強度はないが、儂《わし》もそうそう割れるようなものでもない。『伊賀の七度焼』といってな、何度も焼成されておるおかげで、耐火と蓄熱はそこいらの鍋には引けをとらん。家族が増えたり、客人がくれば別だろうが……お前さんにも初鍋の機会を作ってはやりたいが」

いずれ来るでしょうよ、と俺は笑った。別に爺さんの出番を奪うつもりもないし、半ば諦観《ていかん》している。

そうしてやはり今回も箱にしまわれたまま、二年が経った。その間、気になってきたのは夫の元春である。

妻と子の留守に、自身の携帯電話を使って妙な会話をしている。さすがに気づくよな、と爺さんは苦笑した。

「元春は会社で不倫をしておるな。その相手がしきりに家に来たがっておる。詩織に直《じか》に会ってみたいとな」

つい先日もそうだった。

『詩織、うちの課のプロジェクトが一段落したから、みんなで鍋に行こうと言ってたんだが……せっかく大きな土鍋があるんだし、家でやってもいいかな？』

近くに借り上げ社宅もある。元春もあちこちの家に呼ばれることがままあった。社員同士の付き合いは浅くはなく、仲も悪くない。詩織もたまに元春の会社の人に会えば挨《あい》拶《さつ》することもある。決して唐突な提案ではないと思われるが、

『ウチはまだ翔が小さいでしょう？　たくさんの大人を見てびっくりさせたくないの。猫たちにもストレスになるとよくないから』

詩織はにこやかだが、頑として首を縦に振らなかった。何かに気づいているのか、いないのか。

この調子だと、この家庭でも俺に初鍋の機会はないだろうと思っていた矢先、それは起こった。

元春は帰ってくるなり仰天していた。

「何をやってるんだ詩織！」

詩織はやおら俺を箱から出して、猫を二匹俺の中に入れて、携帯のカメラで写真を撮っていたのだ。

「可愛《かわい》いでしょ！　今流行《はや》ってるんですって、猫鍋っていうの！」

まさかの初鍋が猫——そもそも初鍋といえるのだろうか。爺さんが背後で笑っている気配がする。

「いや、猫鍋が流行ってるのは知ってるけど」

「最近の携帯、カメラ機能が良くってね！　簡単に撮れるし、簡単に写メールも送れるし、SNSに投稿もできるのよ。ね、可愛いじゃないの！」

「かあいいよねえ！」

たどたどしく言う翔も楽しそうだ。三毛とキジトラの二匹と、俺のグレーとは見た目にとても相性がいいらしい。

「だからってそんな……食べ物を入れる鍋に」

「あら、これはこれで大事な用途よ。一度も調理したことないんだし、もらったものだし。構わないでしょ」

大きくて良かったと詩織は喜んでいる。確かに二匹入っても窮屈そうではない。

上手《うま》いな、と俺は思った。

SNSにアップすれば、世間に公表したも同然だ。誰に見られていないとも限らない。

少なくとも部下や同僚にそれで料理したものを振るまうのは躊躇《ためら》われる。かといって、現役の爺さんだけじゃ人は呼べない。せっかくもらったのだからと部下同僚を家に呼ぶ口実をなくさせることができる穏便な俺封じ——詩織は策士だ。

「そんな鍋じゃもう人を呼べないじゃないか」

「そんなに人を呼びたがるなんてどうして？　何か理由でもあるの？」

猫じゃらしを持ったまま、背中越しに詩織が訊《き》く。べ、別に、と元春がしどろもどろな対応をする。これは詩織、おそらくいろいろ見抜いているな。

「俺だって他の家に呼ばれてるし」

「都度都度、御礼はしてるわよ？　子どもも小さいんだから、ウチにいらっしゃる人だって気を遣うわ」

詩織に軍配があがる。元春は不倫をしている割につめが甘い。

「どうしても呼びたい人がいるのなら、その理由を教えてね」

駄目押しの一言が効いたのか、元春は返事をしなかった。

＊

猫鍋ブームは、まさにブームと呼ぶにふさわしく、数年と保たず失速した。とはいえその後も俺は猫たちのベッド扱いに甘んじていた。翔は年々わんぱくになり、俺の右耳(取っ手)の角をおもちゃのロボで欠けさせてもいる。

元春の不倫は猫鍋ブームとともにいったん終わったらしい。まるで憑《つ》き物が落ちたかのように人を呼ぶとは言わなくなっていた。どうも詩織はその不倫相手と直接、対峙《たいじ》したこともあったようだが。

俺が来てから十七年が経っていた。夫婦仲はすっかり冷え切っている。

「あなた、ねえ、相談なのだけど」

珍しく詩織に声を掛けられて、元春は新聞から目を上げた。キジトラは猫鍋熱狂の渦《か》中《ちゅう》に死に、今年の春先に長生きした三毛も死んだ。やつが最後まで愛用していたのが俺であり、死んですぐに仕舞うのは切ないからと、詩織は俺をそのままリビングに置いている。

「四丁目の公園で、今度の日曜フリーマーケットがあるらしいの。他に出したいものもたくさんあるし、この鍋も出していいかしら」

元春は俺を見て、首を傾《かし》げた。

「猫鍋の鍋なんて、買ってくれる人がいるかな」

「ちゃんと猫鍋に使っていたとは言うわ。黙って出すのは失礼だもの」

いいんじゃないか、と元春は頷《うなず》いた。

「結局、一度もこれでは鍋をやらなかったな」

「猫たちの立派な寝床になってくれたんだもの。充分よ。出す前に勿論《もちろん》ちゃんと洗うし、まだ箱もとってあるから」

物持ちがいいにもほどがある、と元春は苦笑していたが、彼女がすごいのは物持ちだけじゃないぞ、と俺はため息をついた。

詩織は今、離婚の準備を進めている。元春が再び会社の中で不倫している気配をいち早くつかんでいるのだ。以前に不倫相手と対峙した時の状況を録音したデータも取ってある。翔も母親に似て、勘の鋭い子に育っており、既に父の不貞に気づいている節があった。今後決定的な状況を摑《つか》めなくても、おそらく詩織たちに有利に事が運ぶだろう。

その結末を見れないのは少し心残りではあるが。

なんだかんだと、長い間をここで過ごした。鍋としての本懐を遂げたわけではないが、猫たちの寝床もそう悪くはなかった。意志の疎通《そつう》こそ出来なかったが、彼らの温《ぬく》もりは決して自力では温度をあげることのできない俺のどこかを暖めてくれたのだと思う。

世話になったな、と声を掛けると、寂しくなる、と刷毛目の爺さんは別れを惜しんでくれた。どこか諦観した、それでいて若輩特有の刺々《とげとげ》しさも取れて、感じが良くなったから運気が上がったのだと慰めてくれた。取っ手の角も欠けたことで、自分に対する根拠のない気負いがなくなったのかもしれない。

「付喪神は初鍋次第、とはいうが、百年《ももとせ》の歳月を短縮することも出来ぬ話ではないと聞くからの。お前さんの持つ強い気は、一緒に居《お》って心地好かった。自信をもって行きなさいや」

胸をつまらせながら、元気でな、と言うと、もちろんだ、と爺さんは強く返した。

「お前さんがおらんようになったら、土鍋はこの家で儂だけだからの」

さすがに寄る年波は隠せないものの、使い込まれた爺さんは、貫禄に磨きがかかっていた。

付喪神に近づくとはこういうことか。初鍋をはじめ、何度も鍋をこなしてきた歴戦の兵《つわもの》とはこういうものか。爺さんが眩《まぶ》しかった。

この家を離れる段になって、改めてそれを羨《うらや》ましいと思えた。

「お前さんの持つ良い運気が、ちゃんと次の所有者を呼び寄せるじゃろ。お前さんも強い鍋だ。次こそ良い出会いがあるよう、祈っておるよ、花三島」

4　三組目の所有者《オーナー》　一之《かずゆき》と凜《りん》

フリーマーケットが行われたのは、時折木枯らしの吹く、だがよく晴れた日曜日のことだった。

このフリマは持ち寄る人たちは主催町内会の人間に限られるが、買う人間は誰でもいいらしい。

「わあ、鍋だ！」

ビニールシートの上、箱から出された俺を見て、そう声をあげたのが三組目の所有者となる凜だった。この公園にはたまたま通りかかったという。まるっきり別の町内に住む若い女性だ。

ショートカットの化粧けのない顔、低い身長、少しだけふくよかな身体《からだ》。隣を歩く彼氏とはゆうに二十センチは差があるだろう。高校生、いいとこ大学生にしか見えないが、これでも二十五歳のテレビ局勤めだという。

「え、こんなに安くていいんですか」

「取っ手が少し欠けちゃってるんですよ。あとしばらく猫鍋に使ったりもしてたので。もちろんちゃんと洗ってますけどね」

詩織は正直だ。元はデパートの正規価格《プロパー》で買ってもらった身としては、ほぼタダみたいな値段だった。とはいえ、俺に不満はない。値段など人の価値観でしかない。

「は、猫鍋⁉」

彼氏の一之が、隣で顔を曇らせた。

「一くん、流行ったの知らないの？　可愛いですよねえ猫鍋」

「いや、知ってるけど……え、でもほんとに使うの？」

「ご無理なさらず。売れ残ってももう捨てるだけですから」

広げられているのは、実は元春がらみの品ばかりだ。結婚式の引き出物の余りまである。詩織はここぞとばかりに何もかも処分する腹積もりなのだろう。

「私、買います！　使います！」

凜はきっぱりとそういった。

「いいの？　気持ち悪くない？」

気にしているのは一之のほうだった。

「大丈夫。猫好きだもん。お姉さん、ちゃんと教えてくれたし、洗ってあるんだし。別に気にしない。実家ではどんなに気にしたって毛は食べ物についてたし、そんなの山ほど食べてきたんだから今更」

凜の実家には猫が八匹も居たという。抵抗がないと言うのも道理だが、それでも大層な物好きだろう。

「一くん、博多出身でしょ？　水炊き作ってよ水炊き！　もつ鍋でもいいけど」

一之は料理が出来るらしい。

「いいけど、今日は駄目だぞ。せっかくイタリアン予約してんだから」

「わかってる！　今度、職場の人も呼ぶからさ、みんなで鍋しようよ鍋！」

「やった、じゃああの先生も来る？　冠番組の。俺あの人のファンなんだ」

呼ぶ呼ぶ！　と凜ははしゃいでいた。だが俺を抱えた瞬間、おも！　と叫んだ。小柄な彼女に、俺はさすがに重かったか。

「俺が持つよ。いったん部屋に置いてから行こう」

一之はこともなげに俺を持つ。その眼差《まなざ》しは優しい。二重にした紙袋は薄く、持ち手が心許《こころもと》ない音を立てていたが、なんとか俺は無事に凜の部屋に到着することができた。

正直、凜じゃなくてよかったと思った。凜は、さっきから荷物をひっかけたり、ぶつけたりしている。彼女は最近食欲が増して少し太ったらしく、自分の身幅を見誤ることが多いのだという。

不意に一之の上着から音がした。ちょっと待ってて、と一之は携帯の画面を見て一瞬眉《まゆ》を寄せると、そのまま凜の部屋を出て行った。

わざわざ。外に。

俺は嫌な予感がした。既視感のあるあの仕草――元春の不倫相手から電話がかかってきたときと同じ対応なのだ。

――凜をあんなにやさしい眼差しで見ておきながら。

少々腑《ふ》に落ちないものを感じた。

「一くん、最近私の前で電話、でないよねえ……」

詩織と同じだろうか、凜もまた、勘は悪くなさそうだった。

さっさと箱から俺を取り出してくれる。部屋はよく片付いていた。ローテーブルの上に置いた俺を、座った格好でまじまじと眺めている。

「大きな土鍋。これ花三島って言うんだよねたしか」

俺は驚いた。こんな若い娘に言われたのは初めてだ。

「実家《ウチ》にあったのとおんなじだもん。懐《なつ》かしいなあ」

凜は目を細める。なるほど、実家への郷愁が俺を選ばせたのか。

「卓上コンロも買わなきゃ。もう狩猟解禁はしてるから、ぼたん鍋もいいよな」

妙に詳しい。

お祖父《じい》ちゃんが元気な時は、キジやシカも獲《と》ってきてくれたっけーと懐かしそうに思い返しているところを見ると、なるほど、祖父の薫陶《くんとう》か。

「凜は水炊き食べたことなかったんだ？」

いつの間にか戻ってきた一之が彼女の頭に手を載せた。うん、とそのまま凜は頷く。

「モツ鍋はね、あるんだよ、卒業旅行で博多行ったときに。でも水炊きって高いところは高いじゃん？　美味《おい》しいものを食べようと思ったらなかなか手が出なくて、結局食べそこなってる。ジビエ鍋なら食べたことはあるんだけどね」

「水炊きもピンキリだからな。でもたしかに美味しいところはスープだけで幸せになれるからな」

「スープだけで?」

一之は笑う。彼は今、板前修業中らしい。

「俺も水炊き屋でバイトしたことなかったら、作ってやるなんて簡単に言えないがな。博多の水炊きは奥が深いんだ。じっくり鶏《とり》で出汁《だし》を引いて、白濁する濃い鶏スープの中で野菜を炊くわけだが……」

「そんなこと言われたら、いま鍋の口になっちゃうじゃん!」

一之は笑う。

「どのみちすぐは無理だよ。調理未使用ってことは目止めもしてないんだよな、この鍋」

目止め? と凛は首を傾げる。

「しらないか。いいぜ、行きながら説明してやんよ」

一之は得意げにそう言い、凛の背を押してドアを閉めた。

今度こそ初鍋が、という想いと、どこか不穏な気配を同時に抱いて、俺は八畳のその部屋で、ただ家主の帰りを待っていた。

*

そこからしばらくは何事もなく過ぎた。凜はよく働くらしく、平日はいつも深夜にならないと帰宅しない。俺は最初の持ち主、百々子を思い出していた。彼女もそういう仕事ぶりだったはずだ。飯を作る余裕などない。追い立てられるように週が明け、息を詰めるようにして平日を走り切り、休日に死んだように眠る。そういう生活が本当に嫌だったのだと、くり返し百々子が友人に愚痴をこぼすのを聞いていた。

凜も百々子とそう変わりはしないはずだ。なのに——彼女は楽しそうだった。疲れてヘトヘトになって帰ってくるのは同じだが、休日に作り溜《だ》めしていた総菜などで、簡単な自炊すらしていた。それで翌朝、元気に出勤していくのだ。年齢も当時の百々子より凜の方が年上なはずなのに。

休みは不定期で、一之ともそうそう会えてはいないようだったが、堪《こた》えているそぶりも悲観した様子もない。合間にチャットやメールをしているようだが、電話の頻度もそれほど多くない。なのに嬉々《きき》として生活している。

百々子とはいったい何が違うのだろう——。

「仕事が楽しいなんて奇跡？　そうかも。楽《らく》じゃないけど、楽しいよ。でもさ」

珍しく電話をしながら帰ってきた凜は、手を洗って、そのまま俺を抱えると、大きなステンレス製の盥《たらい》の中に入れた。

いかんせん俺は大きい。だが盥はちょうど俺をぴったりと沈められるほどのものだった。

「食べるために働くのだって大事だよ。今の時代、親世代と違って、転職も別にマイナスにはならないじゃん。人間関係ばっかりはどうしようもないけど、本当にやりたいことがあるんなら、思い切って飛び込んでみようって思ったの。少なくとも私はそうしてる」

今の電話は手も使わずに話せる。コードレスフォンだった頃の百々子の時代とはずいぶん様変わりしている。

凜は気負う感じでもなく、さらりと話す。

「結婚もしてもしなくてもいいし、子育ては授かってから考える。ただ、子どもには、ママはあなたのためにやりたい仕事を辞めたとかって言いたくない。だから家事も育児も、一緒にやってくれる人と結婚したいんじゃない。辛い時は休むし、働きたいときにはうんと働くがモットーだもん。え、したいことが見つからない？　それぱっかりは自分に聞かないと」

凜は苦笑して、ボウルに米を入れた。とぎ汁を盥の中に入れ、俺の中にも入れていく。

これが何を意味するか、わからないはずがない。俺は胸が高鳴った。

——目止めだ。

陶器の細かい孔《め》を糊《のり》するのだ。だが土鍋《どなべ》だと外側に施すのは難しい。だから多くは鍋の中にとぎ汁や小麦粉を入れ、弱火で炊くのが一般的だ。そもそもこんなに大きな盥を用意できるとは思ってもいなかった。

「だってさ、人を羨むより、とっとと自分の環境を変えた方が早いし、確実じゃない。え、知らない世界だから怖い？　そりゃ知らないから怖いのよ。飛び込めば自分の世界よ。それに何も知らない世界の方がワクワクするじゃない！」

凜は豪快に笑った。電話越しに友達の笑い声も聞こえていたから、凜のあっけらかんとした物言いに引っ張られたのかもしれない。

友達はどこか吹っ切れた様子だった。転職で悩んでいたのだろう。凜はあっさり電話を切る。助言は出来るが、決めるのはその人自身であることを理解している娘だった。

「ええと、とりあえずこの状態にして一昼夜……目止めって時間がかかるんだね」

凜は昨晩、箱の中でぺったんこになって張り付いていた、目止めの説明書を見つけてくれた。一之からも聞いていたのだろうが、まさか昨日の今日で本当にやってくれるとは。

目止めは簡単に済ませられるものでもない。一昼夜置いて、その後完全に乾燥するのを待つ。再び、鍋の中にとぎ汁を入れて煮立たせて、それを確実に冷ましてから洗い、更にしっかりと乾燥させる。急激な温度変化は器の寿命を縮ませると、説明書に書いてあったことを忠実に守ってくれた。

かなり手間をかけた下準備は完璧《かんぺき》にしあがった。

「長く使いたいもんね」

俺は身震いする。

作られて既に十八年が過ぎた。

――縁起でもない鍋だと、いつ捨てられてもおかしくなかった俺が。

――猫たちの寝床で、こういう鍋生で終わってもいいかと本気で諦《あきら》めていた俺が。

これほどの手間を惜しまない所有者《オーナー》に巡り合えた。長く使いたい、と言ってもらえた。

百年《ももとせ》に一年足《ひととせた》らぬ付喪神《つくもがみ》――付喪神など、もはやどうでもいい。

凜への感謝があふれて止まらない。

「よしこれで、週末は水炊《みずた》きだ」

その時、不意に凜の携帯が鳴った。

「はい？　え、あんた誰。どういうこと？」

凜の声が、一瞬にして聞いたこともないような剣呑《けんのん》なものへと変わった。

＊

そのまま出て行った凜は、丸二日帰ってこなかった。どこに行っているのかもわからないし、会社に行けているのかもわからない。

その後、泣き腫《は》らした目で一旦《いったん》帰ってきた凜は、しかしまた二日戻ってこなかった。何が起こっているのか。これほど事情がわからないこともこれまでなかったことだ。

ある深夜、初めて見る憔悴した表情で戻るなり、彼女は丸一日近く寝ていた。

おそらく一之絡《がら》みで何かあったのだろうが、彼女の持ち物であるバッグは無口で、何も教えてはくれなかった。

今日は週末ではないのか。

週末は水炊きだと張り切っていた凜は、まだ布団《ふとん》から出てこない。

一之が調達する予定だったから、冷蔵庫も、常備菜と飲み物以外は入っていない。

俺は凜が心配だった。

――もう初鍋などどうでもいい。

ふくよかだった身体がげっそりと痩《や》せている。あれほど笑顔の似合う娘だったのに、目を閉じ布団にくるまったまま、終日水さえ飲んでいない。

夏場ではないとはいえ、これでは体を損ねるだろう。
頼む、凜、何か食べて、飲んでくれ――。
祈るような気持ちで見守るしかないのが悔しい。
もし俺が付喪神であったなら。
凜に粥《かゆ》くらい拵《こしら》えて、目の前に差し出してやれただろうに。
不意に携帯が光った。その後、呼び出し音が鳴りだした。
億劫《おっくう》そうに、凜が手を伸ばした。
『やっと出たー！　やっと捕まった。あんたいまどこよ！』
相手の声の方が大きい。凜は眉を寄せる。
「家ですけど」
『わかったそこを動くなよ、あ、鍵《かぎ》だけ開けとけ！』
言いたいだけ言って、電話は切れた。
凜は律儀《りちぎ》に鍵を開けて、再び布団の上に身体を投げ出していた。
「こら凜！」
ほどなくしてやってきたのは年長の女性だった。蹴破らんばかりに大きな音を立てて
ドアを開け、勝手に中に入ってくる。うつ伏せになっている凜の頭を何かではたいた。
「勝手に辞表なんか出してんじゃないわよ！」

「環《たまき》さん……でも、私がいるとご迷惑に」

「なるわけないだろ、あんたの方が被害者だっての！」

これでも飲んで起きなさい、と彼女はスポーツドリンクを差し出した。凜は気乗りしない風に口をつけたが、身体が欲していたのだろう、一瞬ですべてを飲み干した。

「落ち着いた？」

凜は頷く。ぽろり、と目から涙が落ちた。

「改めて話聞こうじゃない。話せる？」

ごしごしと乱暴に腕で目を拭《ぬぐ》って、凜は改めて座りなおした。

＊

彼氏である屋叉《やまた》一之の彼女を名乗る女性から電話があったのは、シフトで休んでいた月曜日――俺の目止めが完了したあの日だ。

一之の携帯から凜の電話番号の情報だけ抜いて、女はプリペイド式携帯から電話をかけてきたという。

曰《いわ》く、『一之の浮気相手とサシで話をつけたい』と。

女は桜《さくら》と名乗った。一之とは高校時代からの付き合いで、博多に住んでいるが、わざわざこのために出てきたらしい。

「遠距離恋愛をしていると思っていたら、こっちで私と浮気をしていた、というのがその桜さんの言い分でした」

桜は今すぐ別れろと凜に迫った。納得も出来ず埒《らち》も明かないからと凜は一之を呼び出した。

「彼氏は認めたの？」

凜は頷いた。

「桜さんがここに居たことと、私の情報が筒抜けだったことに驚いたようでしたが」

凜と桜、どちらを選ぶか。選択を迫られて、一之は桜を選んだという。

「正直、そこで裏切られた、と思いました」

凜は涙を拭いもせず、そう言った。

たしかに奴《やつ》には、何かしら隠していることがあるようではあった。

「問題はその後よね」

環の言葉に凜は頷く。

「水曜日、警察から連絡があって。その、一くんの友人が」

「聞いた。違法ドラッグを売買していた、だったわね」

一之もそれで逮捕された。容疑は、友人を自宅にしばらく匿《かくま》った罪、逃亡幇助《ほうじょ》の疑いだ。

「通話履歴から私も聴取されました。別れてすぐでしたし、もう関係ないと正直に話したら、一応それで終わりだったんですが……」

「それで辞表？　局に迷惑が掛からないように？」

凜は頷く。呆《あき》れた、と環が眉をつりあげる。

「あのね、番組制作はワンチームなんだよ。誰が欠けても維持できない。しかもあんたは被害者。いい？　まぎれもなく、あんたは無実の被害者なの。なのに勝手に辞職して、好きな仕事からも離れて。挙句チームが崩壊して、それで誰が得するの？　あんたは幸せになれんの？　納得できんの？」

凜は顔を歪《ゆが》ませる。

「あんたは現場に戻ってくるの。解《わか》ってるでしょ。あの先生の面倒、私じゃ見られないよ？　あんたがいなきゃダメ」

環は凜を抱きしめる。

「環さん……でも」

「馬鹿《ばか》娘。辞表は私が握りつぶしたわ。上にもあがってない。みんながどんだけ心配して……ってあんた、ちゃんと食べてるの？　なんでこんなに痩せてんの！」

環は凜を引きはがした。ぽっちゃりしていた体が、明らかに筋張っている。

　仕方ない、と彼女はため息をついて、その場で携帯を耳に当てた。その視線が、ふと俺に注がれる。

「へえ、いい鍋があるじゃない」

「あ、それ、一くんが水炊きにしてくれるはずだったんで」

　いいさした凜に答えず、彼女は電話の向こうに声を張り上げた。

「沢？　先生連れて凜の家にいらっしゃい。この子、本場の水炊き食べたことないんですって、先生にそういえばわかるから。材料一式、卓上コンロもよ。その辺は先生に任せていいから。バンザイチーム、このままじゃ崩壊の危機だから大至急って伝えてちょうだい！」

*

「遅かったじゃない」

「強引ですよね環さんって。知ってましたけど」

　一時間もしないうち、家には男性が三人も押しかけてきた。ひとりはまだ若い、沢と呼ばれた痩せた長身なのに腰が低い男と、さらにひとりは髭《ひげ》の中年男性、それから仏頂《ぶっちょう》面《づら》の上下黒いジャージの男。丸い身体に糸のような目で、指の節まで肉付きが良い。

そのジャージの丸男は、入るなり顔をしかめた。

「狭いな！」

「女性の部屋に失礼ですよ先生！」

先生というのは、この丸い男のことであるようだった。

「先生のおうちみたいに、広いマンションなんて、ウチの局だと看板アナくらいですよ」

「いやなんかメインも最近厳しいらしくてねえ」

「そんな……夢も希望もないじゃないですか次長」

髭の中年男性は次長と呼ばれているらしい。

「そんなことはどうでもいいの！　で、買ってきてくれたの？」

「先生と次長がお金出してくれました」

沢は楽しそうに袋から食材を取り出している。

「先生、この子、今週まともな食事をしてないんですって。見てよ、この窶《やつ》れよう」

環の声に、先生と呼ばれた丸い男が一瞥《いちべつ》を寄こす。不機嫌そうに凜を睨《にら》んだ。

「本場の水炊きだって？　先生、俺も期待してるんだけど」

次長が面白そうに言ったところで、さすがに男が呆れた声を出した。

「あのなあ！　鶏の出汁なんてすぐに引けると思ってんの？　腹減ってんなら粥でもな

んでも炊けばいいだろ。土鍋あんだし！」

環が男を睨んだ。

「先生？　言ったわよね、チームの危機だって」

舌打ちして、男は自分のバックパックからビニールに包まれたタッパーを出した。

「わかってるよ、だから持ってきたんだよ。『本場』の水炊き……くそ、とっておきだぞこれは」

大きめのタッパーの中でしっかり凍っているそれは真っ白な何かである。

目止めが出来ていることを確認すると、丸い男は卓上コンロに俺を据えた。だがタッパーと食材を持って、キッチンの方へと向かっていく。

あれこれ準備をして戻ってくる。手には行平鍋《ゆきひらなべ》、その中には湯気の立つ液体が入っていた。

「水炊きは、櫛田《くしだ》神社の直会《なおらい》でも定番として歴史が古いそうだ。お櫛田さんってのは、山笠《やまかさ》の神社だな。担《かつ》ぎ手に精のつくものを食べさせるべく選ばれたのが鶏なんだそうだ。神事だけに四つ足を避けたんだろうと言われてる」

行平鍋から、そっと俺に液体が注がれる。香りがたちのぼる。

「水から出汁を炊くから水炊きというのが由来だそうだが、水で炊くわけじゃない。鶏がらから出汁を引くと、骨の合間からコラーゲンが溶け出して白濁する。本場の水炊きに白濁したものが多いのはそういうわけだ」

皆が俺の中を覗《のぞ》き込む。

「でも先生。白濁してないよ」

「本場にもいろいろある。敢《あ》えて俺は鶏がらじゃないやり方で出汁を引いてんだ」

男はなぜか悔しそうだった。

「鶏二キロに長ネギとショウガを入れて八時間。何度も漉《こ》して白濁しないよう、心血注いで作った黄金の鶏出汁がこれだ！」

おお、と一同の目が光る。液体は透き通った黄金色、あまりの香りに誰かが早く、と息を飲む音が聞こえた。

「とっておきなんだぞ……俺はこれで、ひとり鍋をやるつもりで」

「まあまあいいじゃないですか。ひとりより、みんなで食べた方が美味しいですって」

次長が取り成す。男は舌打ちして、鮮やかな包丁さばきで準備した、鶏肉、にんじん、キャベツ、しいたけ、春菊、豆腐、葛《くず》きりなどを繊細な菜箸《なばし》遣いで、飾るように配置していった。

まるでどこかの料亭の写真のような完璧な鍋の姿。

水炊き——これが、俺の初鍋か。

「鶏は肉屋で買ってきたやつだが、ウチにあった冷凍の猪《いのしし》も持ってきてる。あとで入れよう」

「ぼたんですか」

凛が呟《つぶや》いた。皆の視線を受けて、あ、と声をあげる。

「亡《な》くなったお祖父ちゃん、狩猟が趣味で。よくぼたん鍋やもみじ鍋を作ってくれてたんです。懐かしいです」

「なるほど、凛がジビエに抵抗がないのはそれでかあ」

納得したように沢が頷く。凛は首を振る。

「いや、アルマジロなんかはちょっと抵抗ありますよ」

「え、まさか用意してんの？」

「いや、今日はない。アカガエルは買おうと言ったんだが沢に抵抗されてな。次は持ってこよう。ハクビシンとかもいいんじゃないスかね、先生」

「狩猟解禁してるからな、ま、獲れるだろ」

全員が頷いている。おかしな食材が話題に上がった気がしたが、それもそのはず、このチームはローカル番組の『珍食、バンザイ』というコーナーを作っているのだそうだ。

「先生にリアル珍食してもらうのもありかな」

「食べたものの味がわからんとか、俺はいまだに理解できん」

先生と呼ばれているこの男——祝秋成《いわいあきなり》は驚異的な舌の持ち主で、一度食べたものの味は絶対に忘れないのだそうだ。このチームのメインを張っているのは、この丸い男であるらしい。

「みんな、まずはスープを飲んでから食え。次長、その柚子胡椒《ゆずこしょう》も後だ」

すぐにでもがっつく勢いの男性二人を冷静に押しとどめた祝は、凜に向かって頷いた。

全員が手を止めて、凜の動向を見守る。

湯気の立つ、黄金のスープが吸い込まれていく。凜が顔を輝かせた。

「美味しい！」

祝の顔が初めてここでほころんだ。

「やだ、ほんとに美味しい！　先生、すぐにでも板前になれるわね」

「調理師免許とらなきゃ」

「ばか、先生は調理師免許も管理栄養士の免許もとっくに持ってんだよ！」

次長に言われて、沢が目を丸くしている。

「誰かのために美味しいものを作るって、純粋な愛情から出ることがほとんどでしょう。彼氏は確かにクズかもしれないけど、クズなりにちゃんと凜に愛情があったんじゃないの。曲がりなりにもこんなに美味しいものを作ってやるって言ってたんなら」

「お、なんだその話、詳しく聞かせろ」

祝の目がなぜか光る。環はさきほどの凜の話をそのまま伝えた。

曰く、一之が遠距離恋愛している彼女がいながら、凜と浮気していたこと。その凜を振ってすぐ、友人の逃亡幇助で捕まったこと。凜もとばっちりを受けたこと。

「つまりクズよ」

「……そいつは別にクズじゃないだろ」

祝の言葉に、凜が顔を上げる。環は眉を顰《ひそ》めた。

「二股《ふたまた》かけてた時点でクズでしょうよ」

「それ、本当に二股か？　その桜っての、本当に彼女か。ただの幼なじみとかじゃないのか」

「ただの幼なじみが、なんでサシで凜を呼び出して別れさせようとするのよ？」

「そうでもしなきゃ、急には別れてくれないからだろ」

「どういうこと」

祝は楽しそうに指を立てた。

「あくまで仮説だ。件《くだん》の友人が故意ではなく、知らん間に犯罪の片棒を担がされていたとしよう。闇《やみ》サイトだの闇バイトだののあるからな。で、その凜の彼氏」

「一之ね」

「そいつが友人思いのお人好《ひとよ》しで、なんとかその友人を助けようと奔走していたとしたらどうだ。まあただの板前修業の身で何ができるというわけでもなかっただろうが。自首を勧めたにせよ、逃亡を唆《そそのか》したにせよ、正直そこは問題じゃない。結局出来たことは、警察に目をつけられている友人を匿うくらいがせいぜいだったんだろうし」

確かに思い返せば、女に連絡を取っているにしては、纏《まと》う雰囲気が妙に剣呑だった。

「奴はそこで考える。友人は遠からず捕まる。逃がすだけとはいえ、協力した自分もおそらく警察に連行される。自分だけならいい。修業先はしくじるが、それも友人のためならば仕方がない。だが、付き合っている彼女はどうだ。彼女まで巻きこんではならない。彼女の未来は守らなければならないと」

凜は目を見開く。

「だが相手は理由も言わず別れてくれと言われて、はいそうですかとすんなり別れてくれるような女じゃない。まして理由を聞けば、あなたの力になりたいだとかって言い出すだろお前は」

凜は何かを言いかけて黙った。思い当たる節がありそうだ。

「携帯の通話記録は、携帯本体を捨てたとしても、電話会社を辿《たど》れば提出が可能だ。そいつはそれを知らなかったのかもしれないな。博多の幼なじみに頼んで、凜を浮気相手に仕立てた。どちらかを選べと言われて相手を選べば、さすがのお前も引き下がらざるを得なくなる。それで関係をリセットした。……とはいえ、警察もばかじゃない。お前が元カノだと行きついた。だが、すでに別れた後、しかも二股かけた彼氏を恨んでいる状況だ。警察もほぼ無関係と断じることになったんだろう。実際、お前はその友人を知らんのだろう？」

凜は頷く。

「彼氏は、ちょっと間抜けだが、お前に火の粉がかからないよう、一世一代の大芝居を打ったんじゃないか。だが計画が狂った。急に別れなければならなくなったわけだ」

「なんで、急にってわかるんですか」

「今週末だったんだろ、水炊き」

あ、と凜は環と顔を見合わせる。

「本来なら、説得した友人の自首に同行して、厳重注意くらいで済んだはずの案件だろうよ。だが大方、匿っていた友人がビビって逃げたか何かだろう。だとしたら警察はたぶん待ってはくれない。匿っていたその彼氏を足掛かりに一気に捜査をつめるはずだ。だとしたら時間はない。そしてそんなこと頼めるのは地元の幼なじみくらいしかおらんだろうよ」

凜はぽろぽろと涙をこぼしている。

「本来なら、こうして鍋を囲んでいたのはその彼氏だったかもしれないんだけどな」

環もしんみりとして言った。

「凜がこの仕事を大事にしていること、今充実していることを、一番近くで見ている彼氏が知らないはずもないもんね……せめて凜の未来だけは守ろうとしたんだ」

なら、確かにクズじゃないわね、と環は葛きりをつまんだ。

祝は凜を見る。

「犯人が捕まったら、すぐに彼氏も釈放される。そしたらそいつを連れて俺のところに来いよ。仮説が間違ってないなら、俺がご馳走《ちそう》してやる」

凜は首を振った。

彼女を見る眼差しが優しかったことを思い出す。祝の推理はたぶん外れてはいないだろう。

「いえ、彼氏を連れて御礼に行きます。先生のファンだって言ってたし。それにたぶん、あの人、板前もクビだろうから、時間はあるはずだし」

「道理のわかる店だったら、また雇い入れてくれるかもしれねえぞ。そんときゃ俺たちも力になるよ、凜ちゃん」

次長の言葉に凜は頷く。

「もう一度、ちゃんと話し合っとけ。別れる別れないはその後決めたらいいさ」

祝は満足そうに水炊きの鶏を口に入れる。

「だいたい水炊きなんて、その場で美味《うま》いものが出来るわけがない。たぶん、そいつも料理人なら事前に出汁を用意してたんじゃないか。用意してなかったとしても、作る心づもりはあったはずだ。ウチにくるなら、その出汁も持って来いって伝えとけ」

凜は涙を拭《ふ》いて笑った。

「はい！」

「ずるい、また水炊きする気だ！　しかも本場モノで」

「それ俺らも呼んでくださいよ！」

「凜ちゃんはますます舌が肥えそうだな」

「体も少しは肥えないと……ほんとにすごく痩せちゃって心配だわ」

「事前にしっかり蓄えがあったんで、このくらい痩せたって平気ですよ」

そこからは、凜は終始楽しそうだった。

――よかったな、凜。

俺は彼女に笑顔が戻ったことがなにより嬉《うれ》しかった。

初鍋は最高だった。最高の食材で、最高の人たちに食べてもらった。これ以上のものはないだろう。

器物にも愛情はある。執着もある。いろんな家族を見てきたからこそ、そう思う。

俺はここで凜と生きていく。ジンクスにあやかって、いつか、凜に意志を伝えられるまで。

願わくば、俺がそうなるまで、凜が長生きしてくれればいいと思う。

あらかた水炊きがなくなった頃、ボンベもなくなってしまった。〆《しめ》に五島の手延べうどんを入れたいという祝のリクエストで、凜が俺を抱えた。コンロで直接調理するしかないからだ。重くて少しフラフラしている。大丈夫だろうか。

だが、次の瞬間、ガッッと嫌な音がした。一同が背後でビクッと反応した気配がする。

「おい、今の」

身幅が、と呟いた凜は、振り返って苦笑した。

「柱で左の取っ手の角、欠けちゃいました……へへ」

「凜ってば、そういうとこあるよねえ」

アルコールの入ったとろんとした目で、環が言った。

前言を修正しよう。

――願わくば、(これ以上破損せず)凜と一緒に生きていけますように。

両想い鍋パーティー事件

友井羊

友井羊

Tomoi Hitsuji

1981年、群馬県生れ。
『僕はお父さんを訴えます』で
「このミステリーがすごい!」大賞優秀賞受賞、
2012年デビュー。
他の著書に、「さえこ照ラス」シリーズ、
「スープ屋しずくの謎解き朝ごはん」シリーズなどがある。

1

須田浩太郎《すだこうたろう》の肩を、同じ傘に入る木村果歩《きむらかほ》が押してきた。

「ちょっと浩太郎、もう少し入れさせて」

「図々《ずうずう》しいな」

浩太郎は文句を返しつつも、手にした傘を果歩に寄せた。昨日から雨予報だったのに、家を出るとき降っていなかったから傘を忘れたらしい。浩太郎の左肩に雨粒が落ちる。十月の雨は冷たさが感じられた。果歩が身体《からだ》を寄せてくると、長い黒髪から愛用のトリートメントの香りがした。

「おはよう、ご両人。今朝も妬《や》けるな」

レインコートを着た男子生徒が、自転車で近付いてきた。浩太郎が所属するハンドメイド部の部長で、一学年上の高校二年生になる。

「はいはい、おはようございます」

浩太郎は適当に返事をする。浩太郎と果歩が一緒にいるとよく、おしどり夫婦やベストカップルと囃《はや》し立てられる。本人たちに自覚はないけれど、そう呼びたくなるような空気を発しているらしい。最近では言われ慣れていて、全《すべ》て受け流すようにしていた。

部長が苦笑いを浮かべる。

「相変わらずの反応だな。おい、須田。恋人はちゃんと大事にしろよな」

「急に何ですか。当たり前じゃないですか」

「信じているぞ」

部長がペダルを踏みこみ、水飛沫《みずしぶき》を上げて去っていく。部長は以前から、浩太郎カップルを気にかけてくれている。だけど忠告を受けなくても、彼女は大切な存在だ。

「そうだ、果歩。アクセサリーケースの内張りの生地は何色がいい？」

「ううん、迷うなあ」

浩太郎はハンドメイド部で、縫い物から木工まで雑貨類を手作りして楽しんでいる。現在は一週間後に控えた果歩の誕生日のため、木製のアクセサリーケースを製作している。指輪やネックレスなど小物全般を入れるための箱で、内側に布を張るつもりだった。

「色は任せるよ。浩太郎のほうが私の好みを把握しているでしょ」

「わかった。果歩が気に入るようにするよ」

「信頼しているからね」

果歩が微笑《ほほえ》むと、花が咲いたように場の空気が明るくなる。街路樹の銀杏《いちょう》の葉が雨に濡《ぬ》れている。他愛ないお喋《しゃべ》りを交わしていると校舎が見えてきた。浩太郎は頭の片隅で、果歩に似合う布の色を考え続けた。

昼休み終了の予鈴が鳴り、浩太郎は満足な気持ちで廊下を歩いていた。

内張りの布は赤色に決めた。果歩は私服では茶色系の落ち着いた色味を好むけれど、ハンカチや化粧ポーチなど小物は赤を選ぶことが多い。アクセサリーケースは横二十センチ縦十センチの長方形で、ダークブラウンの木材を使った。そこで内張りの布は赤を選んだのだ。

先ほどプレゼントを完成させ、台紙を使ってプレゼント用の箱も自作した。アクセサリーケースを収め、あとは本人に贈るだけだ。すぐに渡してもよいのだけど、そこは雰囲気を重視して当日まで待つことにした。

教室に戻ると、果歩が話しかけてきた。

「あ、浩太郎。今晩って空いてる？」

「予定はないけど、何かあるのか」

「放課後、調理室でごはんにしない？」

果歩は家庭科部に所属している。掃除や洗濯、裁縫など家事全般の技術を向上させるのが目的の部活だ。活動の一環として調理室で料理を作ることがあり、部員以外の生徒も食事に参加することができるのだ。

「おばさん、今日もいないのか」

「急な出張だってさ。顧問の許可なら取ったよ」

果歩は母親と二人暮らしをしている。母親は仕事の都合で家を空けることが多く、果歩はよく一人で食事をしている。そして果歩は人一倍、誰かとごはんを食べることが好きだった。

「あとは蓮司《れんじ》くんと雛《ひな》に声をかけるつもりだよ」

「わかった。親に果歩と飯を食べて帰るって伝えておくよ」

「ありがとう。あ、そうだ。献立は鍋《なべ》にするから」

「相変わらず鍋が好きだな」

「みんなで一緒に食べられるから」

チャイムが鳴り、五時限目がはじまる。授業が終わるとすぐ、果歩から佐藤蓮司と榊《さかき》原《ばら》雛もOKだったと連絡が届いた。

五時限目の後の小休憩にトイレに向かうと、廊下の先で蓮司と雛が話をしているのを見かけた。遠いため内容は聞き取れないが、放課後の鍋パーティーについてだろう。

参加者はみんな、浩太郎にとって気心の知れた相手ばかりだ。恋人と一緒に食事をするのを友人に見られるのは、何となく気恥ずかしさがある。だけど楽しい夕飯になるに違いないと、浩太郎は放課後を待ち遠しく思った。

放課後、鍋パーティーの参加者は学校近くのスーパーマーケットで買い出しをする予定になっていた。だけど浩太郎は地学の教師から教材の運搬を頼まれ、さらに地学室で簡単な片付けまで手伝わされた。

全て終わらせ、調理室に直接向かう。おそらく買い出しは終わっているだろう。ドアを開けると案の定、果歩が険しい顔で包丁を握りしめていた。肩や腕に余計な力が入っている。果歩の他には雛がいるだけで、蓮司の姿はなかった。

雛が浩太郎に気づいて顔を上げた。

「あっ、浩太郎くん。先生の手伝いだったんだよね。お疲れさま」

調理室は六つの調理台が置かれ、教卓の位置に教師専用の調理台があった。果歩たちは台の一つを陣取って、隣を食材置き場として使っている。

「買い出しを手伝えなくてごめん」

「ううん、いいんだよ」

雛はふわふわの癖毛を両サイドで縛っていて、首を横に振ると子犬のしっぽみたいに揺れた。ペンを手にしていて、目の前には可愛《かわい》らしい便箋《びんせん》があった。

「また手紙を書いているのか」

「親戚《しんせき》の子が来月から小学校に上がるんだ。だからおめでとうの手紙を渡すの。浩太郎くんにもまた書いてあげるからね」

雛は直筆の手紙を送るのが趣味だった。全てがスマホで済む時代、手書きは温《ぬく》もりが伝わると評判だ。浩太郎も以前もらったことがある。

「それは嬉《うれ》しいな。俺は雛の書く個性的な字の大ファンだから」

「えーっ、あたしの字なんて普通だよう」

雛が抗議するけど、子猫みたいに高い声なので迫力はない。雛の文字には個性がある。上手とも下手とも言い難く、何より独特の癖があった。水平と垂直の線で構成された丸みを帯びた文字で、篆書体《てんしょたい》を思わせる趣深さがあるのだ。

調理台にはエコバッグが置かれている。中身は豆腐や長ネギ、鶏肉《とりにく》、えのきなどのようだ。調味料は家庭科部の冷蔵庫にあるはずだけど、市販の鍋の素《もと》などは買っていないらしい。

「今日は鶏の水炊《みずた》きか」

「そうだよ。果歩のリクエストで決まったんだ」

博多風の白濁した濃厚なスープではなく、昆布だしで鶏肉と野菜を煮ただけのシンプルな味つけになる。

果歩は水炊きが好きで、浩太郎も何度か一緒に鍋を囲んだことがある。つけだれはポン酢で、ネギや生姜《しょうが》、柚子《ゆず》など多様な薬味を揃《そろ》えて味変するのが果歩の食べ方だ。今回も果歩は、スーパーで買った薬味で味変を企《たくら》んでいるに違いない。だけどエコバッグを見てみるが、それらしい食材は見当たらない。冷蔵庫に入れてあるのだろうか。

「えっと、これはどこまで食べられるんだ……？」

果歩は白菜を置いたまな板の前で、包丁片手に渋い顔をしている。中心部をどこまで切ればいいいか迷っている様子だ。果歩は昔から家事全般が不得手で、高校で家庭科部を選んだのも上達のためだった。なかでも料理は最大の苦手分野なのだ。

「どれどれ」

一方で浩太郎は昔から料理が得意だった。手先が器用で、一目見ればだいたいの料理は再現できる。状況を確認するため近づくと、果歩がにらんできた。

「見ないで！」

「ええ……」

困惑していると、雛が含み笑いをした。

「またこれだ。果歩ったら見られたら緊張するとか言って、さっきも蓮司くんを調理室から追い出したんだよ」

だから蓮司の姿が見えなかったのだ。

「あたしも手伝っちゃダメなんだってさ。ねえ、浩太郎くん。果歩がそういうんだから、あたしたちは教室の隅でお喋りでもしていようよ」

雛がいつの間にかすぐ隣に来ていて、上目遣いで浩太郎を見てくる。距離が近いせいで、制服の上着の胸あたりが浩太郎の肘《ひじ》の付近に接触していた。浩太郎はさりげなく移動して距離を取る。

「俺はお邪魔みたいだから、ひとまず調理室を出るよ」

果歩がのびのびと料理をするためには、浩太郎は不在のほうがいいのだろう。不満そうな雛と料理に没頭する果歩を残し、調理室を離れた。


廊下に出ると、窓の外は薄暗くなっていた。グラウンドでは、サッカー部が掛け声を上げていて、ホイッスルの音が響いた。

浩太郎はふと思い立ち、ハンドメイド部の部室に行くことにした。プレゼントの箱が無地で物足りない気がしたのだ。リボンもつけたほうが、きっと果歩は喜ぶはずだ。

調理室とハンドメイド部の部室は離れていて、のんびり歩けば数分かかる。スマホを操作し、蓮司に『今からハンドメイド部の部室に行く。暇なら合流しよう』とメッセージを送る。果歩から追い出された蓮司も校舎のどこかにいるはずだ。

スマホをポケットに入れると、吹奏楽部の演奏が大音量で聞こえた。入賞を目指しているらしく音に迫力がある。廊下を進んで階段を上り、文化部の部室の集まる辺りを目指す。窓から見える景色は夕焼けで赤く染まっていた。

ハンドメイド部と書かれたドアは、磨《す》りガラスの先が暗かった。

「あれ、誰もいなかったか」

部員がいると考えていたので、職員室で鍵《かぎ》を借りる必要がありそうだ。だけど試しにノブをひねるとドアは開いた。誰かが鍵をかけ忘れたらしい。

部室に入ってスイッチを押し、蛍光灯をつける。そこで足にゴミ箱が当たり、簡単に倒れた。立たせるとゴミ箱の中身は空だった。

浩太郎が室内に目を向け、思わず声を漏らした。

「えっ」

ハンドメイド部の部室の中央には作業台があり、木工をするときに使っている。そして壁際《かべぎわ》にはスチールラックがあり、専門書や設計図、工具や筆記用具、製作途中の小物入れや椅子《いす》、ポーチなどが収納してある。

浩太郎はラックの上に果歩へのプレゼントを置いていたはずだった。

「これ、俺のだよな……？」

浩太郎が作ったアクセサリーケースが自作の箱から出されている。そして作業台の上で、無残にもバラバラな状態になっていた。

2

アクセサリーケースはダークブラウンの木材を使用し、釘《くぎ》や接着剤、金具などを使って組み立てた。だけど木材はバラバラになり、折れている箇所もある。ラックから落としただけではここまで壊れない。人為的に強い力をかけたのは一目瞭然《いちもくりようぜん》だ。

一方でプレゼント用の紙箱は無傷のままラックに置いてあった。わざわざ箱から出した上で、アクセサリーケースを壊したことになる。

そこでノックの音がして、ドアが開いた。

「浩太郎、やっぱりここだ。ちゃんと返信くらい読んでよ」

蓮司が部室に入ってくる。小柄な体軀《たいく》と丸い瞳《ひとみ》、そして穏やかな性格から、小動物みたいと女子からの人気が高い。

蓮司は部室に入ってすぐ、作業台の上の異変に気づいたようだ。小走りで近付き、惨状に息を吞《の》む。

「これってまさか、果歩ちゃんへのプレゼント？」

「俺も今発見したんだ」

「大変だ。みんなにも知らせなきゃ」

蓮司がスマホを操作すると、浩太郎のポケットから着信音が鳴った。スマホアプリの鍋パーティーのグループにメッセージが書き込んである。『ハンドメイド部の部室で大事件発生』とあり、すぐに全員分の既読がついた。

そこで浩太郎は、数分前に蓮司から返信があったことに気づく。ハンドメイド部に行くと連絡した直後、『校庭にいるから来て』とメッセージがあったのだ。吹奏楽部の練習音に紛れて、着信音を聞き逃したのだろう。既読にならないため、蓮司がハンドメイド部に来てくれたのだと思われた。

数分後、果歩と雛が部室に駆けつけてきた。そしてアクセサリーケースの残骸《ざんがい》を目《ま》の当たりにして、女子二人は言葉を失っていた。

「校内で起きた器物損壊だ。先生に報告しよう」

浩太郎が提案すると、全員が賛同してくれた。

職員室で報告すると、ハンドメイド部の顧問は眉根《まゆね》を寄せた。

「部室は施錠《せじょう》してあったのか？」

「いえ……」

発見した時点で部室の鍵は開いていた。すると顧問が大げさにため息をついた。

「鍵を忘れるなんて何を考えているんだ。自己責任だと反省するべきだと思わないか。大事にはしたくない。部長にも報告して、部内で解決するように」

それだけ告げて、顧問は書類仕事に戻った。顧問は二年生の進学コースの担任で、来年の受験に向けて最近ずっと忙しそうにしている。

廊下に出た直後、果歩が廊下を強く踏みつけた。

「自己責任ってふざけてる。面倒ごとを避けたいだけじゃん！」

「本当に誰がこんなことをしたんだろう」

破壊されたアクセサリーケースを思い出し、浩太郎は拳《こぶし》を握りしめた。じわじわと怒りがこみあげてくる。そこで雛が弱々しく手を挙げた。

「……ごめん。鍵をかけ忘れたのあたしなんだ」

雛の声は子猫みたいにか細かった。

「昼休みに部室から出るとき、うっかり忘れてたの。本当にごめん。あのアクセケースが壊されたの、あたしのせいだよね」

「そんなことない。壊したやつが悪いに決まってるよ」

果歩が雛の手を握る。すると雛が涙目のまま、浩太郎に視線を向けた。

「あのさ、修理はあたしに任せてもらえないかな」

「雛が？」

「だって浩太郎くんが果歩のために、心を込めて作っていたんだよね。責任を取らせてもらえないかな。そうじゃなきゃ自分を許せない」

雛の真剣な眼差《まなざ》しを前に、浩太郎はうなずいた。

「わかった。雛にお願いするよ」

「ありがとう。デザインは憶《おぼ》えているから、少しでも元に近づけるようにするね」

雛もハンドメイド部の部員なので、木工仕事に慣れている。製作過程も完成品も見ているから再現は難しくないだろう。

そこで果歩が明るい声で言った。

「それじゃ美味《おい》しいお鍋で気分転換しよう！」

予想外の出来事で中断されたが、鍋パーティーをする予定だったのだ。時刻は午後五時半を過ぎ、お腹《なか》が空《す》きはじめていた。

調理室に戻ると、窓の外は完全に日が落ちていた。野菜や鶏肉は切り終えてある。炊飯器から水蒸気が立ち上り、あと五分で炊き上がるようだ。

果歩が鍋に具材を敷き詰めて水を入れ、ＩＨコンロの上に置く。スイッチを入れると振動音が鳴り、鍋が熱されていく。ぶつ切りの鶏肉はむね肉だった。白菜や長ネギ、えのき、しいたけ、豆腐という基本の具材が揃っている。

果歩が鍋を見守っている間に、蓮司が箸《はし》や食器類を用意する。浩太郎と雛は協力して後片付けを進めた。調理器具を洗剤で洗い、食材の切れ端をビニール袋に入れる。

果歩が冷蔵庫からポン酢を取り出し、全員の小鉢に注いだ。部員たちが持ち寄った調味料は、部員が居合わせれば友人でも使っていいことになっている。

ごはんをよそい、全員で「いただきます」と手を合わせる。

浩太郎は取り箸で鶏肉と白菜を小鉢に入れ、自分の箸で熱々のまま口に運んだ。

「うん、美味しい」

鶏むね肉ならではのパサつきはある。だけど脂肪の少ない部位の歯応《はごた》えは大きな魅力だ。白菜は葉がとろとろに溶け、芯《しん》の部分は固めで歯応えが楽しめる。昆布は煮すぎたせいで臭みが出ているが、その分だけ旨《うま》みも充分に味わえた。

果歩の料理の味は不思議と親しみやすい。自分の家で食べるみたいな温かさが感じられるのだ。果歩は本当に幸せそうに鶏肉を頬張っていた。

「まだ鍋の季節にはちょっと早いけど、最近肌寒いからちょうどいいね」

雛はえのきを味わい、蓮司は豆腐を熱そうに頬張っている。そこで椎茸《しいたけ》をかじった果歩の表情が曇る。

「誰がアクセサリーケースを壊したんだろうね」

犯人は間違いなくどこかにいるのだ。だけど昼休みから鍵が開いていた以上、特定は難しいように思えた。

「悔しいよ。浩太郎は私のために、一生懸命作ってくれていた。その努力を台無しにされるなんて本当に許せない」

高校側の調査は期待できない。それなら自分たちで考えるしかない。

果歩は浩太郎以上に怒ってくれている。その気持ちが嬉しかった。

「まずは状況をまとめよう。まず俺が最後にアクセサリーケースを見たのは昼休みだ。完成させた後にプレゼントボックスに入れて、封はしなかった。雛も一緒にいたから間違いない」

するると果歩が興味深そうに身を乗り出してきた。

「そっか、昼休み、雛も部室にいたんだよね。他に部員さんはいたの？」

「ううん、あたしと浩太郎くんの二人きりだったよ」

「ふうん」

雛が正直に答えると、果歩が目を細めて浩太郎をじっと見てきた。だけど気にせずに状況の整理を進めることにする。

浩太郎は昼休み、手早く昼食を済ませた。職員室で鍵を借りて部室に入り、アクセサリーケースの仕上げをしていた。するとすぐに雛が部室に入ってきた。雛は製作途中のポーチをいじった後、浩太郎と雑談をはじめた。

浩太郎はアクセサリーケースを完成させ、厚紙を使って紙製の箱を自作した。アクセサリーケースを紙箱に収めたところで、昼休みの終了を告げる予鈴が鳴った。

「俺はトイレに行きたかったんで、雛を置いて先に部室を出たんだ」

「あたしは浩太郎くんが出た後に、軽く片付けをしてから部室を出たんだ。だけどそのとき、うっかり施錠を忘れちゃったみたいなんだ……」

「本当に雛のせいじゃないからな」

雛が肩を落とすので、浩太郎はフォローしつつ状況整理を先に進める。

教室に戻った浩太郎は、果歩から鍋パーティーに誘われた。果歩は蓮司と雛をスマホのメッセージで誘い、すぐにOKとの返事をもらったという。

「そういえば五時限目の後に、雛と蓮司が喋っていたよな。あれは鍋パーティーの打ち合わせをしていたのか？」

「うん、そうだよ」

蓮司と雛が同時にうなずく。その後は授業が終わり、浩太郎は地学教師に頼まれて仕事を手伝った。果歩と雛、蓮司の三人は高校から徒歩四分のスーパーマーケットで買い出しを済ませ、調理室に戻ってきたのだそうだ。

「それから蓮司は果歩に追い出されたんだよな」

「僕が見ていると緊張するんだってさ。知り合いがいるかもと思って教室に戻ったけど誰もいなくて、適当に校庭を散歩していたんだ。そうしたら浩太郎からハンドメイド部の部室に行くってメッセージが来て返信したけど、全然反応がないから僕も部室に向かったんだ」

「すまん。吹奏楽の音に紛れて着信に気づかなかったんだ」

状況を整理したが、手がかりがあるように思えない。そこで雛が、小鉢にポン酢を足しながら口を開いた。

「状況からは犯人を特定できそうにないね。アプローチを変えてみるけど、浩太郎くんに恨まれるような心当たりはある？」

「どうなんだろう。基本的にはないと思いたい。ただ、中学時代に傍迷惑なことがあったけど」

中学三年のとき、浩太郎が大事にしていたキーホルダーが盗まれたことがあった。果歩にもらった旅行先のお土産だったため、浩太郎は必死に犯人探しをした。その結果、クラスメイトの男子の仕業だと判明したのだった。

「そいつは果歩のことが好きだったんだ。だからいつも一緒にいる俺に嫉妬《しっと》して、嫌がらせのため犯行に及んだらしい」

それから浩太郎はため息をついた。

「果歩は見た目も性格も良いのに、男子にも分け隔てなく優しいからな。昔から本当にモテるんだ。勘違いする方が悪いのはわかっている。だけどもう少し自分の人気を自覚したほうがいい」

すると果歩が不満そうに口を尖《とが》らせた。

「浩太郎だって人のことは言えないでしょう。成績が良くて手先が器用で、その上に料理まで上手《うま》いんだよ。無自覚に女の子を惹《ひ》きつけてるってわかってる?」

「他の女子なんてどうでもいい。俺は今最高の恋人がいて、本当に幸せなんだから」

浩太郎は何よりも大切な恋人を見つめながら断言した。

「そんなの、私だってそうだよ」

すると果歩も同じくらいの熱量で返してきた。

俺たちのやり取りを聞きながら、雛と蓮司が顔を真っ赤にしている。勢いでのろけてしまったが、さすがに言い過ぎだったかもしれない。

そこで果歩が立ち上がった。

「さて、そろそろ味変するか」

果歩は買い出しに使ったエコバッグを覗《のぞ》き込んだ。だけど首を傾《かし》げ、バッグを逆さにする。それから今度は冷蔵庫を開け、大きく叫んだ。

「すだちがない!」

「すだち?」

「味変のために買ったんだよ!」

今回の果歩の味変はすだちだったらしい。この時期は秋刀魚《さんま》に合わせるため、スーパーの青果コーナーにたくさん並んでいる。酸味の利《き》いた柑橘《かんきつ》なら、水炊きとも相性が良いはずだ。

「そんなの買ったっけ」

一緒に買い出しをした雛は覚えておらず、蓮司も首を傾げている。買ったつもりで忘れてしまったのだろうか。

「確かにカゴに入れたんだけど……」

果歩が肩を落として席に戻る。しばらく悲しそうに食べていたけど、すぐに上機嫌に戻った。具材を食べ尽くしたら、最後は鍋の〆《しめ》だ。果歩たちはうどんを選んだらしい。雑炊も美味しいけれど、うどんも捨てがたい。

果歩たちは冷凍うどんを買っていた。軽く茹《ゆ》でて解凍し、水気を切って鍋に入れる。そして溶き卵を注いで蓋《ふた》をして蒸らし、万能ネギを散らせば完成だ。

小鉢に盛りつけ、うどんをすする。鍋の出汁《だし》には鶏肉と野菜、きのこの旨みが溶け出している。冷凍讃岐《さぬき》うどんはコシが強く、半熟に仕上げた卵が全体をまろやかに包み込む。万能ネギの風味と歯触りもアクセントに欠かせない。

「やっぱりお鍋は、大人数で食べるのが一番美味しいね」

〆のうどんを食べ終える頃に果歩がつぶやいた。

両親が離婚して父親が出ていった過去のせいか、果歩は本人が自覚している以上にさみしがりやだ。だから多分、みんなで囲む鍋料理が好きになったのだ。

「ああ、そうだな。またこのメンバーで、今日みたいに鍋パーティーをやろう」

浩太郎がそう言うと、果歩がとびっきりの笑顔を浮かべた。

「やった。もう今から楽しみだよ」

浩太郎は果歩に喜んでもらうため、手間暇かけてアクセサリーケースを作った。だけど誰かがそれを台無しにした。可能であれば犯人を見つけたいけれど、現状では手がかりが全くないままだ。浩太郎にはそれが本当に悔しかった。

3

翌日の昼休み、浩太郎はハンドメイド部の部長に部室に来るよう言われた。昼食を食べてから向かうと、部長が作業台で木材をいじっていた。部長が手を止める。

「ああ、須田。呼び出してすまなかったな。昨日のことを先生に聞いてな。事情を教えてもらえないか」

「わかりました」

部内で起きた出来事なので、部長としては把握しておきたいのだろう。浩太郎は昨日まとめた情報をなるべく正確に伝えた。

部長は昨日、一度も部室に入っていないらしい。そのため犯人特定に繋《つな》がりそうな情報は一切持っていなかった。

「そういえば残骸がありませんね」

破壊されたアクセサリーケースは、作業台の上に放置してあったはずだ。だけど今はどこにもない。

「それなら榊原が今朝、使えそうな部品を漁《あさ》っていたぞ。あいつが修理をすることになったらしいな。使えなくなった部品は、ゴミとして処分するつもりみたいだ」

「雛のやつ、もう取りかかっているんですね」

ゴミ箱を覗き込むと、いくつかの木片が捨ててあった。雛は朝早く部室に来ていたようだ。自分の責任だと強く思っているのだろう。部室を見回すと、スチールラックの隅に作業途中らしい木材が置いてあった。

そこで部長が浮かない表情を浮かべた。

「ところで質問があるんだが、家庭科部に小柄な男子がいるだろう。あいつと榊原は何かあったのか？」

「佐藤蓮司のことですよね。蓮司と雛がどうかしましたか？」

「ああ、多分そいつだ。実は朝に部室を出た後のことなんだがな。教室に向かう途中でその男子が、顔を強張《こわば》らせながら榊原に声をかけたんだ。俺は不穏な空気を感じてすぐに退散したんだが、何となく気になってな」

昨夜の時点で雛と蓮司は問題なく喋っていた。二人が険悪になる理由が思いつかない。

「それと、もうひとつ……。なあ、須田。他人の恋路に口を出すのは野暮だが、彼女とは上手くやれているのか？」

「え？　はい。仲良しですよ」

「それならいい」

部長が話を切り上げ、作業に戻る。相変わらず部長は部員の恋愛模様が心配らしい。

そこで部長の手元が目に入った。

「部長もその木材を使うんですね」

横二十センチ縦十センチ、厚みのあるダークブラウンの木材は、浩太郎もアクセサリーケースの底板や蓋に使ったものだ。部員の誰かが大量に譲ってもらったらしく、スチールラックに同じサイズの板が積まれてあった。浩太郎は板のサイズを活《い》かして、果歩へのプレゼントに何を作るかを決めたのだ。

「ああ、これか。親に頼まれて置時計を作るんだ」

作業台に置かれた板は中央に穴が開けられていた。時計の針と機構を通す部分だろう。

浩太郎は部長が手にした板に汚れを発見した。

「汚れがありますし、釘を外した跡もありますよ。誰かが失敗してから戻したのかな。似たような板はまだあるんですから、他のを使ったほうがよくないですか？」

「パテで補修すれば気にならないさ。どうせ我が家の寝室用だからな」

部長は以前から、傷《いた》んだ材料を率先して使用する。他の部員に綺麗《きれい》な材料を回すために気を遣っているらしい。

そこでふっと柑橘系の香りを感じた。だがほんの一瞬で消えてしまう。

気になったが、そこで昼休み終了のチャイムが鳴った。浩太郎と部長は一緒に部室を出て、今度は施錠を確認してから教室に向かった。


放課後、浩太郎と果歩は二人で帰路についていた。自宅が近いので行き帰りが一緒になることが多いのだ。太陽は西に沈みかけ、周囲は薄暗い。幹線道路の脇《わき》にスーパーマーケットが見えた。そこで果歩が思い悩んだ表情で口を開いた。

「正直に答えてほしいんだ。この前私が作ったお鍋、出来はどうだった？」

「え、美味しかったよ」

「でも、浩太郎は何か言いたげだったよね」

果歩から指摘されて、返事に窮してしまう。食べながら、もっとこうしたほうが臭みが消えるとか、ああしたら味が良くなると考えていたのは事実だ。否定しようと思ったけれど、果歩に嘘《うそ》がつけるとも思えなかった。

「改善点があると思っていたのは間違いない。だけど十分なごちそうだったよ」

果歩が不満そうに口を尖らせた。

「ねえ、私に料理を教えて。もっと上達したいんだ」

「どういう風の吹き回しだ」

果歩はおおざっぱな性格ゆえに、料理もおおらかだった。気取らない味つけには温かみがある。浩太郎としてはそれが魅力だと考えている。

「そんなの、大好きな彼氏にもっと美味しい料理を食べてほしいからだよ」

「なるほど」

果歩がそう願うのであれば、協力する以外にない。浩太郎たちはスーパーマーケットに行き先を変更する。駐車場には自動車が並び、買い物客が建物に入っていく。果歩の母親は今日も出張で不在らしい。そこで果歩の自宅で特訓をすることになった。

「それじゃあ何を作ろうか」

「昨日と同じ鍋にしよう。差を実感したほうが成長できる気がする」

「了解」

二日連続で同じ料理になるけれど、浩太郎は特に気にしない。母親に今日も夕食を外で済ませると連絡を入れる。それから出入り口でかごを取り、まずは野菜コーナーで材料選びから指導することにした。

買い物袋を手に提げて、木造二階建てのアパートに到着する。窓の先は暗く、果歩がドアの鍵を開ける。

何度も遊びに来たことがあるので、浩太郎は遠慮なく上がり込む。１ＬＤＫの室内は雑多に物が置かれているが、いつも掃除が行き届いている。浩太郎と果歩は手洗いを済ませ、材料を取り出してから包丁を手にする。

「個人的には野菜は適当に切っても問題はないと思っている。だけど大きさを揃えれば火の通りが均一になるし、食感が向上する。それに切り方でも味は変わるから、覚えておいて損はないと思う」

果歩は白菜を切るとき、柔らかい葉の部分と芯の固い部分を一緒にしていた。だけど火の通る時間が違うため、葉と芯を切り分けたほうがいい。芯を短冊《たんざく》状にすれば、歯触りを活かすことができる。葉は煮すぎると溶けてしまうため、あとから鍋に投入することで柔らかさが楽しめる。

「にんじんも切り方で味が変わる。繊維を断ち切れば柔らかく煮えるけど、癖が強調される。繊維に沿って切ったほうが、にんじん嫌いには食べやすい。確か果歩はあんまりにんじんが好きじゃなかったよな」

「だから浩太郎のにんじんはいつも食べやすかったんだ」

「次は鶏肉だが、昨日はむね肉を買っていたよな。だが鍋にするとあっさりしすぎる。

値段は高いけど、脂《あぶら》が多くてジューシーなもも肉を使うといいぞ」

「知らなかった。いつも適当に安いのばかり買っていたよ」

料理に興味がないと、部位の違いなんて案外意識しないものだ。

浩太郎は鶏もも肉に塩を振り、キッチンペーパーで余分な水分をとる。下味をつけるためと、臭みの原因を取るためだ。脂肪や血の塊を取り除くことで生臭みを減らし、筋を断ち切って食感を向上させる。

「昆布は長時間火にかけると、臭みやぬめりが出る。なので沸騰《ふっとう》したらすぐに引き上げよう」

「家庭科部で習った気がする。でももったいないからずっと入れていたよ」

「そのほうが旨味はたくさん出ると思うけどな」

卓上にコンロを置いて点火し、鍋を置く。そして煮えるのを待つ間に、浩太郎はつけダレを作ることにした。

「さっき買ったすだちを使うぞ」

果歩はスーパーで前回のリベンジと言い、すだちを大量に購入していた。

日本酒とみりんを火にかけてアルコールを飛ばし、粗熱を取る。器にすだちを絞り、種を取る。そして果汁と醤油《しょうゆ》、酢、そして粗熱を取った日本酒とみりん、顆粒《かりゅう》のかつおだしを加えれば完成だ。

「へえ、ポン酢まで自分で作るんだ」

「市販のポン酢に新鮮な果汁を加えるだけでも、かなり美味しいと思うけどな。それにしばらく寝かせたほうが味が馴染《なじ》むんだけど。……あれ？」

手元から漂ってきた香りに記憶が刺激される。

今日の昼休み、部室で部長と会話をしたときに柑橘系の香りが漂ってきた。柑橘系といっても様々な種類があり、レモンやゆず、みかん、グレープフルーツ、シークヮーサーなど個性が異なる。そして部室で嗅《か》いだ香りがすだちに似ている気がしたのだ。なぜあの場所で、すだちの香りがしたのだろう。疑問に思っていると、鍋の煮えた匂《にお》いに意識を持っていかれる。

「美味しそうだなあ」

果歩が笑顔で鍋に注目している。今は料理に専念しよう。室内の湿度と気温が上がったのか、窓ガラスが曇りはじめていた。浩太郎がおたまでアクを丁寧にすくっていると鶏肉に火が通る頃合いになった。

「それじゃ食べるか」

「いただきます」

果歩が鶏肉をポン酢につけてから頬張り、目を丸くした。

「臭みもないし、鶏肉に弾力があってぱさついていない。スープも上品だし、すだちのポン酢もさわやかで美味しい！」

浩太郎も白菜の芯を口に入れる。繊維に沿って細切りにした白菜の芯は、歯応えと甘さが楽しめる。即席のすだちポン酢は独特の香りが鶏の旨みを引き立て、鮮烈な酸《す》っぱさが味を引き締めてくれる。

「昨日と全然違うね。丁寧に下拵《したごしら》えすると、こんなに変わるんだ」

ひとつひとつの手間だけでは味への影響は小さい。どの工程を省いても、食べられるものは完成する。だけど積み重ねることで最後には大きな差になる。美味しさは細かな労力の積み重ねなのだ。

「でも、俺の教えたことくらい家庭科部で習うだろう？」

「掃除や洗濯、裁縫なんかを優先しちゃうんだ。ほら、ごはんは最低限食べられさえすれば充分だし、細かくやると時間がかかるよね。だけど他の家事はサボると生活が破綻《はたん》していくから、料理は優先順位が下がっていくんだ」

「そういうもんか」

果歩は母親に代わって家事の大半を担《にな》っている。母親は仕事先での外食が多く、家であまり食べない。だけど母親の生活を快適にするため、自宅を清潔に保ち、洗濯にも手を抜かない。だから果歩は家庭科部で、料理以外の家事を主に学んでいるのだ。

浩太郎はハンドメイドも料理も好きだ。だけどそれは趣味であり、掃除や洗濯などは家族に任せている。それは多分余裕があるおかげなのだろう。

「うん、やっぱり美味しいね」

部屋が静かなせいか、コトコトと鍋が煮える音が大きく聞こえる。

二人でも鍋料理は美味しい。だけどわいわいと楽しんで食べるときの充実感は格別だ。果歩が望むのであれば、何度でも鍋パーティーを開いてあげたかった。

「また今度も雛や蓮司を呼んで、四人で鍋を囲むぞ」

「ありがとう、浩太郎」

浩太郎と果歩は一緒に水炊きを食べ進める。三人分はあったけれど、二人であっという間に平らげた。今度は雑炊で〆にする。たっぷりと出汁を吸ったごはんは最高だ。卵の半熟具合も絶妙で、浩太郎たちは大満足で夕食を終えた。

食後は二人で洗い物を済ませる。皿を水切りカゴに置き、シンクを洗い終えたところで、果歩が浩太郎のシャツの袖《そで》に指で触れた。

「あれ、ポン酢の染《し》みがついている」

「本当だ」

「早めに洗ったほうがいいよ。コツを知っているからちょっと脱いで」

浩太郎はTシャツ姿になり、ワイシャツを渡す。すると果歩はお碗《わん》にお酢を入れて水で薄めた。それをタオルに染み込ませて、汚れを叩《たた》くようにする。すると徐々に薄くなり、最終的には気にならない色になった。

果歩が洗面所に行き、戻ってくる。袖の部分を水洗いしたようだ。

「お酢の成分が残っているから、家についたらすぐに洗濯機で洗ったほうがいいよ」

「ありがとう。こんな方法があったんだな」

「家庭科部の先輩や顧問の先生から教わった洗濯の裏技だよ。他にもたくさん掃除洗濯の技を教わったんだ」

果歩がキッチンに目を向ける。すだちの余りがダイニングテーブルに転がっていた。緑色の小さな柑橘は丸くて可愛らしい。

「ねえ、知ってる？　柑橘類の皮も掃除に有効なんだよ。みかんの皮に含まれる成分が、油分やプラスチックを溶かしちゃうの」

「油分を溶かす？」

説明を聞いた瞬間、浩太郎はあることを閃《ひらめ》いた。

「じゃあ、あの汚れはもしかして……？」

推理が正しければ、部長の木材から漂ったすだちの匂いにも説明がつく。

「なあ、果歩。調理部で鍋をしたとき、すだちが消えたと言っていたよな。実際に買ったかレシートで確かめられないか？」

「あ、そうか。レシートを見ればよかったのか」

果歩が財布を取り出し、中身を探る。するとすぐに発見したようだ。

「あっ、やっぱりすだちを買ってた」

あの日、果歩は間違いなくすだちを購入していた。だけど鍋を食べた時点で調理室から消えていた。落とした可能性もあるけれど、浩太郎は別の理由を思いついていた。

「何かに気づいたの？」

黙り込んだ浩太郎に果歩が訊《たず》ねてきた。

「今からハンドメイド部の部室に行ってくる。もう遅いから、果歩はここに残っていてくれ」

「何かわかったらすぐに教えてね」

時刻は夜七時で、外はもう暗かった。校舎内は夜八時まで入れるはずだ。今からならギリギリ間に合う。浩太郎はすだちを一個、ポケットに入れる。それからアパートを出て、暗い夜道を高校まで急いだ。

4

明くる日は、冬の訪れを感じさせる肌寒い気温だった。

『アクセサリーケース破壊の件で、重大なことが判明した』

浩太郎はそんなメッセージを送り、昼休みに雛と蓮司を部室に呼んだ。果歩も部屋にいて、二人とも緊張の面持ちで椅子に腰かけている。

「来てくれてありがとう」

「それで、何がわかったの？」

蓮司に質問され、浩太郎は無言でうなずいた。スチールラックに部長が作っている置き時計があった。浩太郎は製作途中のそれを手に取る。

「これは昨日、部長が作りはじめた置き時計だ。実は鼻を近づけると、ほのかにすだちの匂いがするんだ」

蓮司と雛が、真剣な眼差しで置き時計に見入っている。

「さらに目を凝らすと、文字の痕跡《こんせき》が見て取れる」

「文字が？」

雛が目を見開いた。浩太郎が置き時計に顔を寄せると、ほのかにすだちの匂いが香る。そして表面を見つめると、うっすらと文章が書かれているのがわかった。

「俺は昨晩、この事実に気づいた。そしてどうすればこんな状態になるのか考えた。他の木材で試した結果、油性ペンで文字を書いた後に、すだちの皮で擦《こす》ると同じ状態になることが判明したんだ」

柑橘類の皮にはリモネンという成分が含まれる。リモネンは油分を溶かすため、油性ペンで書かれた文字を柑橘類の皮で消すことが可能なのだ。木材からすだちの香りが漂ったのは、皮で擦ったことで成分が残ったためなのだろう。

だけど果歩の自宅から持ってきたすだちで試してみると、完全に消すのは難しかった。何度も擦る必要があるし、素材によっては消えない場合もある。そしてニスや塗料が塗られた木材だと、うっすらと読める程度には文字が残ってしまうのだ。

ただし残った文字は薄い黒色だ。ダークブラウンの木材だと、元の素材の色に紛れることになる。その結果、ぱっと見だとわからないくらいには消せるのだ。しかし光の当たり具合によっては、文章を何とか読むことくらいは可能だった。

「まずはなぜ部長の置き時計の板に、こんな文章があるのか考えてみよう。部長はこの時計を作るにあたって、スチールラックにあった使い古された板を選んだんだ」

部長は新品を他の部員に回すため、率先して使用済みの材料を使う。そしてスチールラックにあった汚れた板を、置き時計に使おうと考えたのだ。

「そして俺のアクセサリーケースはバラバラになっていたよな。ショックのあまり、壊された後の部品なんて確認しなかった。だから破壊された木材の一部が、スチールラックに置かれた新品と交換されていたとしても気がつけなかったんだ」

浩太郎が作ったアクセサリーケースはバラバラに分解されていた。床に叩きつけるだけでなく、壊そうとする強い意思がないと不可能だ。つまり犯人は木材をバラバラにする必要があったことになる。

「おそらくすだちで文字を消そうとしたけど、微妙に痕跡が残ることに気づいたんだろう。万が一にもこの文章を、果歩に読まれることを避けたかった。そのためアクセサリーケースを壊して、新品の板と交換したんだ。だけど不運にも部長が、その交換した木材を使ってしまったんだ」

浩太郎は置き時計を窓から差し込む光にかざした。

「それじゃ読み上げるぞ」

「駄目だっ!」

突然、蓮司が叫んだ。部屋中の視線を向けられ、焦《あせ》ったような顔になる。それから浩太郎は息を吐き、狼狽《うろた》えている蓮司に視線を向けた。

「果歩はあの日、すだちを間違いなく買っていた。それはレシートで証明できる。だけどエコバッグからなぜか消えていた。そしてすだちを持ち去れたのは、調理室から追い出された蓮司だけになる」

蓮司が目を逸《そ》らしながら口を開く。

「……あの日、高校に他のすだちがあった可能性だってあるよね」

「かなり低いと思うけどな」

自分でも無理があると思ったのか、蓮司は黙り込んでしまう。それから浩太郎は雛へと顔を向けた。

「ところで消された文字をよく見ると、文字の特徴に見覚えがあったんだ。雰囲気は微妙に変えてあるけど、俺はこの筆跡をよく知っている」

文字は水平と垂直の線で構成されている箇所が複数あった。篆書を思わせる独特な字体は、浩太郎のよく知っているものだった。

「これは雛が書いたんだよな」

「筆跡鑑定をしたわけでもないよね。あたしって証拠はないでしょ」

雛が違うと言い張れば、ただの高校生が証明するのは難しい。だけど浩太郎は雛の瞳を覗き込みながら言った。

「俺は雛からもらった手紙を、今でも何度も読み返している。本当に大切にしているからな。だから俺は雛の文字を間違えない。自信を持って断言できるよ」

心を込めれば伝わるはずだ。雛は顔を真っ赤にして、浩太郎から目を逸らした。

「ずるいよ。そんな風に迫られたら反論なんてできない」

雛が深くため息を吐《つ》いた。

「わかった、認めるよ。浩太郎くんの言う通り、あたしが書いた。だけどアクセケースは壊してないからね」

それから雛は、蓮司に顔を向けた。蓮司は青い顔をして、その場にいる全員の視線を浴びていた。すると注目に耐えかねたのか、肩を落として弱々しく言った。

「ごめん。壊したのは僕なんだ」

廊下から誰かの笑い声が聞こえ、遠ざかっていった。昼休みの時間は半分残っている。

浩太郎と果歩が見つめるなか、雛と蓮司は何が起きたのかを順に説明していった。

全《すべ》ての発端は、雛が底板の裏にメッセージを書いたことだった。書いたタイミングは浩太郎がアクセサリーケースを完成させた直後で、部室には雛も居合わせていた。

浩太郎は自作の箱に収めた後、トイレに行くため部室を出ていった。部室に残った雛はアクセサリーケースを箱から取り出し、部室内にあった油性ペンである文章を書いた。それから元に戻し、素知らぬ顔で部室をあとにしたのだ。その際に誰でも犯行が可能な状況にするため、意図的に施錠をしなかった。

「それからあたしは、蓮司くんにこの件を教えたの。きっと共感してくれると思ったから。だけど蓮司くんは強硬に反対したんだ」

雛の行動を知り、蓮司は焦った。雛の書いたメッセージを絶対に果歩に読ませてはならない。蓮司は文字を消す方法を必死に考えた。ちなみに休み時間に雛と蓮司が言い合っていた場面は、浩太郎も偶然目撃している。

雛は油性ペンで書いたと話していた。そのため通常の方法では消すのは難しい。だが買い出しの最中、果歩がすだちをカゴに入れたのを見て柑橘の皮で油性ペンを消せることを思い出した。蓮司は家庭科部で、果歩と同じ裏技を先輩から教わっていたのだ。

それから蓮司は果歩に調理室を追い出された。その際にすだちを盗み、ハンドメイド部の部室に直行した。鍵が開いていることも雛から聞いていた。

蓮司はすだちを使って文字を消そうと試みた。ある程度は成功したが、完全に消すのは難しかった。

このまま果歩の手に渡ったら、何かの拍子にメッセージが伝わるかもしれない。そのタイミングで、スマホに浩太郎から『今からハンドメイド部の部室に行く。暇なら合流しよう』とメッセージが届いた。

浩太郎が部室にやってくる。焦った蓮司は、スチールラックに底板と同じサイズの木材があるのを発見する。そして蓮司はアクセサリーケースを破壊し、似たサイズの木材と入れ替えた。問題の底板は持ち去るには大きいし、ゴミ箱は空だったので捨てると目立つと考えたようだ。そのためラックに放置されることになった。

浩太郎は自分の作品が破壊され、大きなショックを受けた。そのため底板の入れ替わりに気づかなかった。

だけど部品を精査されたら、底板に釘の跡がないことを不審に思うはずだ。そのことに家庭科部の蓮司ではなく、ハンドメイド部の雛が気づいた。

「あたしは、壊したのが蓮司くんだってわかってた。だから今回の件を誤魔化してあげるため、作り直すって手を挙げたの」

雛の当初の狙《ねら》いは、プレゼントが贈られた際に、浩太郎からのメッセージだと果歩に誤解させることだった。目的が果たされない以上、メッセージの存在を知られたら面倒になる。そのため状況を隠蔽《いんぺい》しようと考えたのだ。

果歩は翌朝、メッセージの痕跡が残った木材を回収しようと試みた。だが部長がすでに部室にいて、さらに目当ての木材も使っていた。置き時計まで破壊するわけにもいかず、処分することができなかったのだ。

これが今回の件の顚末《てんまつ》になる。すると果歩が一歩前に出て雛に質問をした。

「どうしてあんなメッセージを書いたの？」

文章の内容は、昨夜のうちに果歩に知らせてあった。

『ずっと果歩のことが好きだった』

アクセサリーケースの底板の裏には、そう書かれてあった。

浩太郎から果歩への誕生日プレゼントなのだ。こんなメッセージが書いてあれば、浩太郎が果歩に愛の告白をしたことになる。

だけど、そんなことは絶対にあり得ない。

「理由なんて決まっているでしょう」

雛は果歩を鋭くにらみつけた。

「二人の仲が良すぎて、不安だったからだよ。浩太郎くんの彼女はあたしなの。あんたたち、ただの幼馴染みのくせに距離が近すぎるんだよ！」

浩太郎と果歩は保育園からの幼馴染みだ。ずっと一緒にいるのが当たり前だった。小学校中学校と成長し、他の男女が距離を取るようになっても、浩太郎と果歩の仲は変わらなかった。幼馴染みで双子《ふたご》みたいな存在で、一番の親友。それが二人の関係だった。

だけど距離の近い二人を、周囲は恋人と勘違いするようになった。どれだけ否定してもカップルだと囃《はや》し立てられた。年頃の男女が一緒にいるだけで邪推する連中は現れる。次第に相手にするだけ無駄だと悟り、適当にあしらうようになった。

二人は同じ高校に進学し、同級生はまたも恋人だと誤解してきた。

だけど転機が訪れた。浩太郎が同じ部活に所属する榊原雛から、ラブレターを受け取ったのだ。真摯《しんし》な文面に心打たれ、二人は付き合うようになった。

そして果歩も同じ頃、部活仲間の佐藤蓮司に恋をした。果歩の猛アプローチの結果、二人は晴れて恋人同士になった。

浩太郎と果歩は、互いに恋人ができたことを心から祝福した。

だけど雛は怒りの形相で、作業台を手のひらで思い切り叩いた。

「誕生日に手作りのプレゼントなんて、どう考えてもやり過ぎだよ。それに昨日なんて同棲《どうせい》カップルみたいに二人仲良く買い物してたよね。友達から写真付きで報告を受けたときの、あたしの気持ちが想像できる？」

全く気づかなかったが、買い物の様子を誰かが撮影していたらしい。しかもそれを雛に送信までしていたのだ。ただ、一番の親友に手作りの品を渡すのはそこまでおかしいことなのだろうか。

「最初に話したときは納得してくれたじゃないか」

浩太郎も果歩も交際する前、お互いの恋人に親友の存在を伝えた。その相手は家族同然で、絶対に恋愛対象ではない。その説明に雛も蓮司も理解してくれたと思っていた。

「幼馴染みといっても限度がある。それに付き合ったら、さすがに距離を置くと思ったんだよ」

雛が果歩を指差した。

「あたしはずっと果歩を疑っていた。果歩が蓮司くんと付き合ったのって、あたしが浩太郎くんと付き合いはじめた直後だよね。それは失恋のショックを忘れるためなんでしょう？」

果歩が口をあんぐりと開ける。

「いやいや、私は本当に蓮司くんが好きだから」

果歩が首を横に振るけれど、雛の疑いの眼差しは変わらない。

「だからあたしは試そうと考えたの。浩太郎くんからのプレゼントに告白の言葉が書いてあれば、果歩はきっと正体を現すと思ったんだ」

雛の行動の真意は、果歩の気持ちを確かめることだったらしい。さらに雛と蓮司は以前から、互いの恋人への疑心を相談し合っていたという。そこで雛が今回の件を報告したところ、蓮司は思わぬ行動を取ることになった。

「僕はずっと果歩ちゃんには、浩太郎のほうが相応《ふさわ》しいと悩んでいたんだ。だからあのメッセージを読んだら、浩太郎に気持ちが移っちゃうと心配したんだ」

そのため蓮司はすだちで文字を消そうと試み、さらにアクセサリーケースを破壊することになったのだ。

説明を終えた後、蓮司が深く頭を下げた。

「アクセサリーケースを壊してごめん。浩太郎が一生懸命作っていたのに」

すると雛も目を伏せた。

「……あたしも悪いと思ってる。試すような真似《まね》なんて間違ってた」

浩太郎と果歩、それぞれの恋人が反省を示している。確かに行動自体は誤りだったかもしれない。だけどその原因を考えたとき、浩太郎は責める気になれなかった。

「こっちこそごめん」

浩太郎がそう告げると、続いて果歩も頭を下げた。

「私もごめんなさい」

謝罪を想像していなかったのか、雛と蓮司は困惑した様子だった。

浩太郎と果歩は、互いを肉親みたいに考えていた。恋愛感情がないのは、当人同士には当たり前だった。

プレゼントを贈るのも、気にせず家に上がるのも、傘に一緒に入るのも、同性の友人であればきっと問題にされない。だけど異性というだけで周囲は違った解釈をする。それは浩太郎も果歩もこれまでの日々を通じて身に染みて理解していた。

男女の友情は成立すると考える人のほうが、世間では少数派らしい。そういった人々にとって、浩太郎と果歩の関係は理解しがたいのだろう。

ハンドメイド部の部長は、浩太郎と雛の関係を気にかけていた。あれは部員同士の恋愛が拗《こじ》れることを心配していたのだ。

浩太郎は雛の手を取った。

「約束する。今後、果歩と距離を置くよ」

「本当に？　来週の誕生日も会わない？」

「当たり前だろ」

雛が潤《うる》んだ目で聞き返してくる。果歩は親友だけれど、今最も大切なのは恋人の雛なのだ。すると隣では果歩と蓮司も目を潤ませ、互いに手を取り合っていた。

「不安にさせてごめんね。これからは蓮司くんを一番に優先するから」

「こっちこそ僕が悪かった。果歩ちゃんを信じるべきだった」

蓮司と果歩も仲直りが成立したらしい。雛が浩太郎の手を握りしめる。大切な恋人を何よりも大切にしよう。そう固く誓ったけれど、数ヶ月後に予想外の事態を迎えることになる。

エピローグ

二ヶ月が経ち、季節は冬になった。週明けには大寒波が押し寄せ、今冬最初の雪が降るらしい。月曜の朝のせいか普段より足が重く感じた。

通学路を歩く浩太郎は、ひさしぶりに果歩と鉢合わせした。果歩は茶色の上着を羽織っている。中学三年の冬に購入したお気に入りのダッフルコートだ。

「……おう」

「えっと、おはよう」

十月頭に距離を置くと決めて以降、互いにずっと避けてきた。教室では挨拶《あいさつ》だけで済ませ、用事も最低限で終わらせた。

周囲から心配もされたが、恋人との仲を見せつければ納得してもらえた。そして次第におしどり夫婦とも言われなくなった。

薄い雲が空を覆《おお》い、日の光は弱々しい。風が吹いて枯れ葉が舞うたびに、浩太郎は寒さに身を縮ませた。本当なら今も、果歩を避けるべきだと理解している。だけど二人は自然と並んで通学路を歩いていた。

浩太郎は自分の首に巻いたマフラーを強く握る。無言の時間が続くけれど、果歩に伝えたいことがあった。だけど蓮司が不快に感じる可能性があるため、話すべきかずっと悩んでいた。

すると先に果歩が口を開いた。

「あのさ、浩太郎。話したいことがあるの」

「そうか、実は俺もなんだ」

そう答えると、二人は同時に黙り込んだ。互いに相手が話を切り出すのを待っているようだ。果歩の話とは何だろう。校舎に近づき、生徒の数も増えてくる。一緒にいる様子を目撃され、蓮司に伝わるのは避けたい。一匹の猫が物陰から現れ、素早く民家の塀に駆け上って姿を消した。浩太郎は息を吸い込み、発言する覚悟を固めた。

「雛に振られた」

「えっ？」

果歩が極限まで目を大きく広げる。

「実はあの日以降、微妙に距離が生まれてさ。会話も盛り上がらなくなったんだ。それで三日前の金曜にもらった直筆の手紙に、別れましょうと書いてあった」

雛は手紙の最後に『果歩と仲良くね』と記していた。説明を重ねても理解してもらえなかった。その事実は深い悲しみと徒労感を浩太郎に与えることになった。

「奇遇だね。私も蓮司くんと別れたんだ」

「はっ？」

大声になったせいで、前を歩いていた女子生徒が一瞬だけ振り向いた。果歩は深くため息をつき、事情を説明してくれた。

あの一件以来、蓮司は今まで以上に浩太郎を強く意識するようになったらしい。以前から器用で勉強のできる浩太郎に負けていると考えていたようだ。そして罪を見抜かれたことで、より大きな敗北感を抱いたそうなのだ。

「蓮司くんから別れ際《ぎわ》に、自分は果歩ちゃんに不釣り合いだ、浩太郎のほうが相応しいって言われたんだ。笑っちゃうよね。私たちが付き合うなんてあり得ないのに」

「ああ、絶対に無理だ」

世の中には多様な恋愛の形がある。それと同じで、浩太郎と果歩の間に恋愛感情は生まれない。ただ、それだけのことなのに。浩太郎たちの関係性を理解してくれる恋人を期待するのは、それほど難しいことなのだろうか。

「これからどんどん寒くなるね」

「そうだな」

「実はあれ以来、料理を練習していたんだ」

「おお、がんばっていたんだな」

「今夜、お母さんが出張で留守なんだ。早速食べていかない？　私がどれだけ上達したか見せてあげるよ。ちなみにメニューは水炊《みずた》きね」

「楽しみだな」

今なら果歩と浩太郎は親友として、気兼ねなく一緒に鍋《なべ》を食べることができる。どちらかに恋人ができたら、また距離を取ることになるのだろう。だけどまたいつか互いの恋人を交えてみんなで鍋が食べられたら、きっと楽しいに違いない。十二月の冷たい風を受けながら、そんな日が来てほしいと願うのだった。

できない君と牡《か》蠣《き》を食べる

額賀澪

額賀澪

Nukaga Mio

1990年、茨城県生れ。

2015年に『屋上のウインドノーツ』で松本清張賞を、

『ヒトリコ』で小学館文庫小説賞を受賞し、デビュー。

その他の著書に『青春をクビになって』

『沖晴くんの涙を殺して』『転職の魔王様』などがある。

真っ白な紙の上に、線が見える。

その軌道に鉛筆の先をのせ、力を抜いて、引く。黒々とした線は思い描いていた線にぴたりと重なり、滑らかな曲線になる。

描くべき線が見えているうちは大丈夫、大丈夫。自分に言い聞かせながら、海老名《えびな》桂《けい》都《と》はひたすら鉛筆を動かした。

線は重なり合い、慣れ親しんだ少年の顔になる。

彼の名はアーロン・リーといって、ご長寿ロボットアニメ「機炎闘士ギガネス」シリーズ十三代目の主人公だった。ロボット型兵器であるギガネスのパイロットとして戦場で生きる、光をたっぷり溜《た》め込む大きな瞳《ひとみ》が特徴的なアジア系の男の子だ。

彼の顔がアップになるカットは、瞳の描き込みがとにかく大事だった。絵だけれど、アニメーションだけれど、彼の目の芝居が見る人の心を揺さぶらなければならない。

なのに、迷いなく引けていたはずの線が、突然消えて見えなくなってしまう。

同時に、耳にかけていた髪がパサリと落ちた。毛先が頰に当たり、それだけのことで集中力が切れる。

桂都は大きく息をついて、鉛筆を置いた。ペン立てに引っかけてあったヘアゴムを摘《つ》まみ、前髪もサイドの髪もひとまとめにして結ぶ。

最後に髪を切ったのは三ヶ月ほど前――九月の中頃だった。そろそろ伸びた髪が鬱陶《うっとう》しいのだが、この仕事が終わらなければ美容院にすら行けない。

アニメーター達が机を並べるフロアは静かだった。遠くでかすかに人の足音や話し声が聞こえるが、アニメーターが黙々と手を動かす気配ばかりが重苦しく漂う。ピリピリしていて、殺気立っている。

無理もない。桂都が勤めるアニメ制作会社・ナルニアスタジオは絶賛放送中の「機炎闘士ギガネス」の元請けをしていて、その最終話の制作の真っ最中なのだ。

テレビアニメは三ヶ月を一クールとし、一月から三月が冬アニメ、四月から六月が春アニメ、七月から九月が夏アニメ、十月から十二月が秋アニメと分けられ、そのクールの中でさまざまな作品が放送される。当然、制作側もそのスケジュールに合わせて一年以上前から準備を進める。「機炎闘士ギガネス」も、桂都の元には半年以上前に「原画をやってもらいたい」という話が制作進行のスタッフから回ってきた。

「……あーあ、何か揉《も》めてらあ」

遠くで誰かが言い争う声がして、思わず呟《つぶや》く。アイスを買ったのかホットを買ったのかもわからなくなってしまった缶コーヒーを飲み干し、桂都は深呼吸をした。

一クールの放送話数は十二〜十三話。一話あたりの尺はおよそ二十四分。一話の放送までにすべての話数が仕上がっているわけがなく、放送をしながら追い立てられるように残りの話を作っていくことになる。回が進むごとに制作側は追い詰められ、最終回の頃は誰も彼もズタボロなのだ。

桂都が手がけているのは最終話の前半シーンのとあるカットだ。そして、最終話の放送は今からちょうど二週間後。

放送は待ってくれないから、どうしたってみんなピリピリする。監督が絵コンテを仕上げるのに手間取ったせいで、スケジュールがただでさえ押しているから、余計に。

アニメーターも、スケジュール管理をする制作進行も。演出担当、作画監督、動画担当……果ては総務担当の社員まで、この一週間は特に苛立《いらだ》っている。

遠くで発生した口論が収まったのを聞き届け、桂都は左右のこめかみを拳《こぶし》でぐりぐりと揉んだ。

デスクには「機炎闘士ギガネス」の主人公アーロン・リーを始め、登場キャラクター達の設定画が大量に張ってある。改めてアーロンの顔を確認し、原画用紙に向き合う。

けれど、先ほどまで見えていたはずの線が、全く見えなくなってしまった。

「ねえ、水柿《みずがき》君、話しかけてもいい？」

隣のデスクに、紙飛行機を飛ばすように声をかける。ずっと聞こえていた鉛筆の音が止まり、机に覆《おお》い被《かぶ》さるように作業していた背中が、ゆっくりと動く。

「いいよ」

顔を上げた水柿雪路《ゆきじ》は、顎《あご》と鼻の下にうっすらと生えてしまった髭《ひげ》を鬱陶しそうに掻《か》きながら椅子《いす》をくるりと回転させ、桂都と向かい合う。

「叫んだ顔、一発見せてくれない？」

「ああ、中盤の？　戦闘シーンの前？」

「そうそう。李《り》さんからリテイク喰らっちゃって」

「機炎闘士ギガネス」最終話の作画監督を務める凄腕《すごうで》のアニメーターが李だ。桂都のような原画マンが描いた原画は、作画監督や監督によるチェックを経て再び原画マンの元へ返ってくる。桂都の判断で「完成」と言えるものなど一枚もない。

「李さん、何て言ってるの」

海中で揺れるイソギンチャクみたいなゆらゆらとした口調で、水柿雪路は桂都の手元を覗《のぞ》き込んだ。

「緊迫感が足りない。表情筋が動いてる感じ出して」

作画監督は原画に直接修正を加えない。色つきの別の紙に指示を書き込んで戻してくる。李さんは黄色い修正用紙に具体的な図解まで描いてくれていた。

　その指示に沿って絵を修正すればいい。やるべきことはシンプルなのだが、どうにもアーロンの表情を見失ってしまった。

「あー……大事なところだもんねえ。李さんがめっちゃこだわるところだ」

　李さんの指示を確認した水柿雪路は、デスクに置いてあったエナジードリンクを呷《あお》って再び桂都に向き直る。「俺ならすぐに描けるのにな」という顔をしているが、この際それは無視する。

「はい、いくよ」

　スマホを構えた桂都に向かって、水柿雪路は大きく息を吸う。声を出さず、でも目一杯叫んでいる顔を作ってくれた。それを桂都はすぐさま写真に収める。

「意外とカロリー使うな、この顔」

　頬骨のあたりをぐにゃりと揉んだ彼の顔は疲れていた。無理もない。彼が担当しているカット数は、原画マンの中でも特に多い方だから。

　どうしたって、上手《うま》いアニメーターと作業の早いアニメーターには仕事が集まる。両方を持っているアニメーターには、特に仕事が集まる。

「ありがとう。これで描けそう」

「あといくつ残ってるの」

「これが描ければ終わり」

そう、と素っ気なく言って、水柿雪路は自分の作業に戻っていった。

雪路の叫び顔の写真と、アーロンの設定画。決して二人の顔が似ているわけではないのだが、交互に見ていたら見失ったはずの線が少しずつ蘇《よみがえ》ってくる。

鉛筆を握り、原画用紙に触れる。ゆっくり瞬《まばた》きをして、芯《しん》の先を真っ白な紙に置く。

嘘《うそ》みたいにすんなりと、仲間のために慟哭《どうこく》するアーロンが描けた。

「海老名さーん、水柿さーん、進捗《しんちょく》いかがですか？」

それを見計らったように制作進行のスタッフがやって来て、桂都から出来たてほやほやの原画を回収する。水柿雪路も、担当していた重要カットを手渡す。

水柿雪路が作画監督の李さんから「ぜひ頼むぞ」と任されていたのは、最終回の終わりの終わり、エピローグでのヒロイン・シャーロットの重要カットだった。何せ、この物語はそのシャーロットの笑顔で終わるのだ。

「うわ、いいね」

水柿雪路の原画を見て、制作進行がふふっと笑う。眉間《みけん》に深く刻まれていた皺《しわ》が、すーっと溶けて消えた。

「チェックよろしくぅ」

デスクに突っ伏したまま手を振った水柿雪路に、制作進行は「すぐにチェックに回してきます」と足取り軽く離れていった。

「あー、リテイク、ないといいな」

そう呟いた彼は、しばらくすると「髭剃《そ》ろう」と席を立った。桂都が自分のデスクでスマホをぼんやり眺めていると、顎周りがさっぱり綺麗《きれい》になった彼が戻ってくる。

「ああー、リテイク、ないといいなぁ」

行く前と全く同じことを言って椅子に腰掛けた水柿雪路は、体を上下に引きちぎらんばかりに大きく伸びをする。

そのまま、デスクの端に置いてあったサプリメントの瓶に手を伸ばし、中身を一気に十錠近く口に含む。

しかもそれを、すっかり常温になったエナジードリンクで流し込む。

「雪路、やめなって、絶対体に悪いよ」

「用量は守ってるって。一回十錠、一日三回」

彼が数日前から飲み続けているのがビール酵母錠剤だと気づいていた。いくら胃腸薬兼栄養補給薬といっても、飲み方というものがある。いつ開けたかもわからないカフェインたっぷりのエナジードリンクで飲むなんて、開発者が見たら気絶するかもしれない。

「桂都には俺の切実さはわかんないよ」

「わかんない、わかんない。体を労《いたわ》りたいのか痛めつけたいのか、全然わからない」

咄嗟《とっさ》に彼を雪路と呼んでいたことに今更気づいた。雪路が、海老名ではなく桂都と呼んだのも。

「雪路さ、ご飯食べてる?」

「食べてるよ。さっきも食べてただろ」

雪路が側のゴミ箱を指さす。スタジオの目の前の牛丼屋《ぎゅうどんや》の容器が捨ててある。その下には、牛丼屋の隣にあるコンビニのパンとおにぎりの袋。エナジードリンクの缶に、栄養補助食品のパッケージ。ゴミの分別を全くしてないから、あとで誰かに怒られるはずだ。

「いや、そういうのじゃなくてさ。米と肉と魚と野菜をバランスよく食べるとか、ビタミンを取るとかカルシウムを取るとか、そういう意味での〈ご飯〉だって」

「自分だって碌《ろく》な食生活してないでしょ」

雪路が桂都のゴミ箱を顎でしゃくる。中身は彼のゴミ箱と似たり寄ったりだ。

「家では食べてるって、家では。野菜とか、魚とか、果物とか。雪路と違って掃除も洗濯もちゃんとやってるよ」

専門学校を卒業してナルニアスタジオにアニメーターとして入社したら、同期に水柿雪路はいた。

ひょろりと背が高い割に胸板や肩が薄くて、ちょっと猫背で、悪く言えば貧相な体つきの青年だった。さらに悪く言えば頼りなさそうな男だった。

ただ、絵は上手かった。上手いうえに、早かった。

桂都を始めとした同期のアニメーター達が苦戦する難しいカットも、雪路はさらりと描いた。しかも短時間で。もちろんリテイクはあるが、それを咀嚼《そしゃく》して反映するのも上手く、その作業も早い。

新人アニメーターはまず、動画マンとして下積みをする。原画と原画の間をつなぐ絵を描く作業で経験を積み、「あいつはいける」と周囲に評価された人間から、次のステージである原画に上がる。その次は作画監督を目指していくわけだが、雪路は同期の中で誰よりも早く原画に上がった。

同期の中で一番に栄誉ある作画監督の座に納まるのは、きっと彼。桂都も、他の同期のアニメーターも、みんな思っている。

ただ、世の中は変なところで平等にできているものだと桂都が思ったのは、雪路はアニメーターとしての能力と引き換えに、いわゆる生活能力というのが限りなく低かったことだ。

「ゴミは捨ててるよ。二週間に一回くらい」

わかる。スタジオに泊まり込むこともあるから、ゴミ回収日の朝に家にいられないことだって、ある。

「洗濯もしてるさ。月に一回くらい」

わかる。洗濯機を回していい時間帯に帰れないことが多いから、油断すると洗濯物が山盛りになる。

「掃除は、もうだいぶしてないけど、別に家は寝に帰るくらいだし」

それも、わかる。

「あんたの家、通販の段ボール箱が玄関で雪崩《なだれ》起こしてるじゃん。テレビのリモコンもエアコンのリモコンも一生見つからないし」

夜中に必死に探し回った挙げ句、冷蔵庫の中からキンキンに冷えたエアコンのリモコンが出てきたときは、どうしてくれようかと思った。段ボールと洗濯物が寝藁《ねわら》みたいに重なり合った部屋も、「あー、冷たくて気持ちいい」とリモコンを頰に押し当てた雪路自身も。

あれはまだ夏だった。夏アニメが絶賛放送中で、桂都も雪路も離島を舞台にした男女の恋物語の作画に追われていた。

職場では互いを苗字《みょうじ》で呼ぶこと。そんなルールがまだあった頃。

「水柿さーん、海老名さーん」

先ほど原画を回収した制作進行が足早に戻ってきた。その足取りの軽さに、雪路の表情が緩む。釣られて桂都も肩の力を抜いていた。

「李さんからOK出ました。森山監督もすぐにチェックしてくれて、こちらもOKだそうですっ。お疲れさまでです」

入社二年目の制作進行は、桂都達に一礼するとそそくさと去っていった。まだまだ回収し切れていない原画がたくさんあるのだろう。離れたところで「とりあえず進捗だけでも教えてもらえませんか？」と強めに依頼する彼の声が聞こえてくる。

それでもひとまず、桂都が受け持っていた仕事はめでたく終わった。

「終わったね」

久々に家でゆっくり湯船につかれる。明日は髪を切りに行こう。部屋も掃除したい。いやその前に、終わっていないカットを数えることなく、ゆっくりベッドで眠りたい。

「終わったな」

デスクの下から通勤用のリュックサックを引っ張り出した雪路が、ひょろ長い体を引き摺《ず》るようにして席を立つ。

デスクに置かれた時計には八時と表示されていた。午前だっけ、午後だっけと一瞬考え、窓の外が真っ暗なことに気づく。

「飯、食って帰らない？」

ペンだこのある指先で、雪路が肩を叩《たた》いてきた。

スタジオのエントランスを出て、あまりの寒さに溜め息をついてしまった。「おー寒い寒い」とマフラーを巻く雪路の口から、真っ白な息が舞い上がって消えた。

秋アニメの最終話が近いということは、年の瀬が迫っているということだ。年が明ければ、すぐに冬アニメの放送が始まる。

「何食いたい？」

「私に選ばせてくれるの？」

「俺は牡蠣《かき》が食いたい。牡蠣鍋《なべ》」

「じゃあ『何食いたい？』なんて聞くんじゃないよ」

雪路はいつもそうだ。自分の腹は決まっているくせに、わざわざこちらに一度選択を投げてくる。面倒な男だ。

しかも、牡蠣鍋が食いたいと言うくせに、どこの店に行けば食べられるかまでは考えていない。

この男のそういうところが、質《たち》が悪い。わかっているのに、桂都は鞄《かばん》からスマホを引っ張り出してしまう。

「牡蠣なあ……時期が時期だから、どっかにあると思うけど」

スタジオは、中央線の駅から商店街を抜けた先の住宅街にある。商店街の周囲には飲み屋街が広がっているから、海鮮系に強い居酒屋なら牡蠣くらい出しているはずだ。

少し検索したら、飲み屋街の一角に牡蠣鍋を出している店を見つけた。

とん、と両肩を摑《つか》まれた。背後から雪路がスマホを覗き込んでくる。

「牡蠣だ。牡蠣鍋だ」

「彼氏の距離感で来るんじゃないよ、まったくもう」

振り払って、点滅し始めた横断歩道を渡った。後ろを、ちょっと猫背で背がひょろりと高い男がくっついてくる。何食わぬ顔で、ちゃっかり。

付き合い出したときも、こんな感じだ。こんな感じで、雪路はぬるっと桂都の恋人になった。自分の一部に触れるような手つきで、桂都に触れた。

横断歩道を渡りきる頃には雪路は隣に並んでいて、二人で桂都が見つけた居酒屋に入った。忘年会シーズンのため店内は混み合っていたが、座敷の隅の小さなテーブル席に通してもらえた。

「乾杯する？」

ビールグラスをテーブルの真ん中にすーっと差し出すと、雪路は「もちろん」と自分の烏龍茶《ウーロン》のグラスをカツンとぶつけてきた。随分と飄々《ひょうひょう》とした乾杯だ。

「まだ終わってないけど、とりあえず一抜けしたなあ、ギガネス」

雪路が烏龍茶を一気に半分ほど飲み干す。その間に桂都はビールグラスを空にしてしまい、通りかかった店員にお代わりを頼んだ。

「一話から十二話まで、結局全部ヘビーだったよね」

「戦闘シーン以外も全部ぬるぬる動かしたから、視聴者は喜んでるみたいだけど。描く方はしんどいよなあ……時間に余裕があった一話はともかく、四話とかホント、死ぬかと思った」

確かに、四話の頃の雪路は酷《ひど》かった。一週間以上スタジオに泊まり込んでいたし、髭は伸び放題だし隈《くま》は濃いし、白目が血走って顔色も悪かった。

雪路ほどではなかったが、桂都も似たようなものだったけれど。

「こうやってどんどん作画カロリーばっかり高くなって、見てる人はそれが当たり前になって、ちょっとヘルシーな作画になった途端に手抜きだってうるさくなるんだから、困っちゃうよなあ」

愚痴りたかったことをすべて雪路が言ってくれたから、桂都はただ「そうだねえ」と頷《うなず》いて新しいビールを楽しんだ。どれほど外が寒くても、ビールは掌《てのひら》が痛くなるほど冷えているに限る。

店員がコンロを抱えてやって来た。少し遅れて、重たそうな土鍋も運ばれてくる。コンロのつまみが回され、軽やかな音と共に青白い火がつくのを雪路と一緒にじっと眺めていた。

長ネギ、白菜、椎茸《しいたけ》としめじ、焼き豆腐、薄くスライスされたニンジンといった具材を従えるようにして、小振りな牡蠣が土鍋の中でたっぷりと身を寄せ合っていた。居酒屋のべたついた黄色い照明の下でも、剥《む》き身がまろやかに輝いている。

「ねえ桂都、これって岩牡蠣？　真牡蠣？」

「岩牡蠣は夏が旬《しゅん》らしいから、真牡蠣なんじゃない？」

鍋の縁がコトコトと泡立ち始め、次第に昆布出汁《だし》の甘い香りが漂ってきた。

岩牡蠣は、夏が旬。自分で言ったのに、苦々しい気分になる。決してビールのせいではない。

梅雨時期のはずなのに碌に雨が降らず、連日三十度以上の真夏日が続いていた、六月の終わり。春アニメが終わって、夏アニメが始まろうとしていた頃、桂都と雪路は付き合い始めた。

大きな理由はない。この日この瞬間に付き合い始めましたという明確なラインもない。同期入社でデスクは隣同士で、仕事終わりに飲みに行く程度には気が合っていた。めちゃくちゃに好みな見た目だったわけではないけれど、絵が上手い男は好きだ。

あとは、同僚から彼氏のポジションにぬるりと雪路が移っただけ。

段ボールと洗濯物で足の踏み場もない彼の家に泊まり、朝一緒に歯を磨いて出社したら、それでもう「はい、承知しました」だった。

そして、夏アニメが続々と最終回を迎える頃、別れた。会社で顔を合わせようと二人きりだろうと、水柿雪路は「水柿君」になったし、桂都は「海老名」になった。

「ギガネス、いい最終回になると思うんだよね」

コトコトと震えだした牡蠣を見下ろしながら、雪路が呟く。

「そうだね。全十二話だったけど、よくあんな壮大な話がまとまったなって思う。やっぱり森山さんと霧島さんの監督脚本コンビってすごいよ」

「ていうか今更だけど、ギガネスに参加したって、すごくない？」

まだかな、と鍋を覗き込む雪路を「今食べたら死ぬよ」と牽制《けんせい》し、お玉で出汁を掬《すく》って牡蠣にかけてやる。熱々の出汁に、牡蠣が口をすぼめるように震えた。

「確かにね、ギガネスだもんね」

「子供の頃から見てたやつだもんな」

桂都が子供の頃に見ていたギガネスは正統派ロボットアニメだったが、これほどの長寿シリーズとなると、ギガネスというコンテンツを使っていかに新しいものを作るかという作り手の試行錯誤が如実《にょじつ》に表れるようになる。

この秋クールに放送されたギガネスは、古き懐《なつ》かしき正統派ロボットアニメの系譜を踏襲しつつ、最新鋭のアニメーション技術で原点回帰と進化を描くというのがテーマだった。原画マンとしてそれに関われたことを、こっそりと誇らしく思った。

アニメのエンディングに自分の名前が出ることや、学生時代に憧《あこが》れた監督や脚本家と顔を合わせることがすっかり日常になってしまって、ちょっとやそっとじゃ心が動かなくなってしまっても、それでも、やはり胸が躍った。

「桂都はいつのギガネスが好き？」

「えー、意外と一つ前のやつ、好きだよ。姉妹が主人公なのも新鮮だった」

「本当ぉ？　俺はちょっと話が綺麗すぎて苦手」

「雪路は意外と男臭いのが好きだもんねー」

「そりゃあ、そうですよ。八話でアーロンがギガネスに乗れなくなった話、ベタだけどすごく好きよ。しみじみしながらアーロンを描いちゃったね」

アニメーターとしての雪路の上手さは、戦闘シーンのような激しい動きが伴うものより、何気ない日常芝居や表情の見せ方に出る。とあるベテラン声優が雪路の泣きの芝居のカットを見て「僕が余計なことをしなくても絵だけで芝居が完成してる」なんて言っていたという話を聞いたこともあった。

先々週放送されたギガネスの八話。ギガネスのパイロットの座を失った主人公・アーロンの顔から見る見る表情が消えていくカットは、見事だった。「このカットはどうしても水柿さんに」と作画監督の李さんが指名しただけのことはあった。

打ち合わせでそんな場面を見せつけられたのを思い出して、ねちっこい嫉妬心《しっとしん》が喉《のど》の奥で顔を出した。同時に、牡蠣と牡蠣の間からボコッと出汁が泡を吹いた。

「もう食べられるよ」

お玉で牡蠣の身をたっぷり三つ掬って取り皿によそい、雪路に渡してやる。甘えたの子供みたいな顔をして受け取った彼は、一番大きな牡蠣に慎重に息を吹きかけてから頬張った。ぷくりと膨らんだ牡蠣の腹が破れ、出汁が滲《にじ》み出る。

美味《うま》いと声にこそ出さなかったが、その顔が面白いくらい「美味い！」と言っていて、噴き出すのを堪《こら》える羽目になった。

「でもさ、ギガネスを操縦できなくなるって、あんなにショックなもんなのかな。アーロン、人生終わったって顔だったじゃない」

牡蠣にかぶりつく。昆布出汁の香りに負けない甘い牡蠣の出汁が、舌の付け根のあたりから染《し》み入ってくる。口の中にもったりとミルキーさが残るこの感じ、冬の牡蠣って感じだ。冷たい海で寒さに耐えて耐えて、体の中にたっぷり栄養を溜め込んだのがわかる。

「えっ、桂都、それを言っちゃうの？」

「だって、戦場に出ないで済む人生も、それはそれでいいじゃない。刺激は少ないかもしれないけど」

「わかってない、桂都は全然わかってないよ。三ヶ月前と一緒だ」

お手上げだとばかりに両手をひらひらさせる芝居がかった仕草に、煮え立つ豆腐を口に放り込んでやろうかと思った。

「……三ヶ月前は関係なくない？」

「あるね。アーロンも俺もね、生まれながらにギガネスのパイロットなんだ。それを操縦できなくなるなんて、アイデンティティの喪失だ」

「いや……そうかもしれないけど、別に世界はそれだけで回ってるわけじゃないんだし、戦場に出ないと命がないわけじゃないでしょ。アーロンだって傭兵《ようへい》みたいなもんだし……雪路だって」

言いかけて、上手い表現が見つからない。苦し紛れに牡蠣と白菜を口に詰め込むと、雪路は両頬を牡蠣でいっぱいにしながらほがほがと何か言い出した。「口にものを入れたまま喋《しゃべ》るんじゃないよ」と叱《しか》ると、大人しく牡蠣を飲み込んでから改めて口を開く。

「この世界ではな、男は生まれながらにギガネスのパイロットなの。みーんなギガネスと共に生きてるの。そんな中でギガネスを動かせなくなるってことは要するに、同じ男から『あいつはギガネスで戦場に出ることすらできない』って哀れみの目で見られるってことなんだよ」

「つまり、マチズモとかホモソーシャルとか男らしさの押しつけってやつじゃないの？男同士の絆《きずな》で生きづらさを再生産してるとか何とかって、去年の秋アニメでやったじゃない、そんなの」

『生きづらいけど腹は減る』！　説教臭い話になるかと思いきや、全話ちゃんと面白かったよな」

「それだそれだ。私はもっぱらメシ作画ばっかりだったけど」

「動きが少ない代わりに感情芝居ばっかりですごく大変だった！」

一瞬だけ当時の苦労を共有したと思ったら、雪路はすぐに表情を険しくしてしまう。

でも、本当に憤《いきどお》っているかといわれると、何とも言えない。親に構ってもらうために、わざと我《わ》が儘《まま》を言っている子供みたいにも思える。だって彼の目はいつだって、桂都を茶化すみたいにニコニコしている。口ではなく瞳の奥の方が、ニコニコしているのだ。

出汁を吸って甘くとろけた白菜を奥歯で嚙《か》み潰《つぶ》しながら、桂都は肩を竦《すく》めた。

「桂都、いいかい？　生きづらさの再生産だろうと何だろうと、『その価値観は前時代的なのですぐに忘れてください』なんてできないんだよ。こっちは二十四年もギガネスのパイロットやってんだよ。失いました、はいそうですか、なんてできると思う？」

「でも、私は別に自分のギガネスがダメになったとして、それはそれで、そういう生き方もあるかなって思うけど」

「違うんだよ。こればかりは、男女で意識が違うんだよ。他の何についてわかり合えたとしても、ギガネスだけはわかり合えないんだよ、男と女は」

雪路が空になった取り皿をそっと両手で桂都に渡してくる。この流れでよく「おかわりください」が何食わぬ顔でできるなと呆《あき》れつつ、よそってやる。牡蠣をたっぷり。野菜もしっかり食べるように、白菜とネギも多めに入れた。

　この男は、野菜や魚も果物も、出されればちゃんと食べる。出されないと食べない。誰かに世話をされたいという欲求のままに、のほほんと生きている。

「時代に逆行してるなあ。絶対ＳＮＳで言っちゃダメだよ？　そんなこと」

「言わないよ。それくらいの分別はあるよ」

　そもそも、雪路はＳＮＳの類《たぐい》を一切やっていないから、端《はな》からその心配もないのだけれど。仮にやっていたとして、仕事が忙しくて碌に更新しないだろう。この男はそういうところが全然マメじゃないから。

「男って大変だね」

「ああ、大変さ。性別で人を縛ることがどれほどナンセンスと言われようと、こればかりはどうしようもないんだよ。そもそも、俺達の父親だってギガネスのパイロットなんだから。戦場で活躍して勲章をもらって、その結果、家族を持ってるんだから。ギガネスの否定は自分の存在や家族の否定だ」

　はぐ、と鍋に残った最後の牡蠣を雪路が口に放り込む。いつの間にか土鍋は綺麗に野菜の欠片《かけら》だけになっていた。店員が「〆《しめ》は雑炊とうどん、どちらにしますー？」と聞いてくる。「雑炊で！」という声は、雪路と綺麗に重なった。

「牡蠣が食べたかったのって、そういうことだよね？」

店員が運んできたご飯を鍋にいそいそと投入して、聞く。

「酒を控えてるのだって、そういうことだよ」

「ビール酵母を一日に三十錠も飲んでたのも？」

「その通り」

「切実だね」

「当たり前でしょ。これ以上に切実な問題があると思う？」

「いろいろあると思うけど……ないか、ないのか」

「ないね。李さんから喰らう無茶なリテイクよりずっと切実だね」

何と答えるのが正解かわからず、「はいはい」と相槌《あいづち》を打って、ぐつぐつと音を立て始めた鍋の火を弱める。生卵を割り入れて軽くかき混ぜると、卵が程よく半熟になった牡蠣雑炊が完成した。

雑炊を、ゆっくりとレンゲで掬う。ふーっと息を吹きかけるタイミングは、二人同時だった。まどろんだような牡蠣の甘みとふわふわの卵が絡《から》み合った雑炊に、舌先をちりっと火傷《やけど》する。

「ラストのシャーロットのカットさ」

店を出たところで、唐突に雪路が言った。牡蠣鍋で温まった体には、火傷した舌には、十二月の冷気が心地のいいものに変わっていた。

自分の口から立ち上る白い息に身を委《ゆだ》ねるようにして、雪路は笑顔で桂都を振り返った。

悪い顔をしていた。何でも「しょうがないなあ」と許してしまいたくなる、緊張感のないゆるゆるとした顔。

「ああ、李さんと森山監督が一発ＯＫくれたやつね」

「機炎闘士ギガネス」最終回の〆を飾る、ヒロイン・シャーロットの笑顔。原画を見て制作進行がふっと笑顔になってしまった、あのカット。

「シャーロットのキャラデザとぜーんぜん似てないけどさ、桂都が笑ってるところをイメージして描いた」

ふふふー！　と芝居がかった、可愛《かわ》い子ぶりっこな笑い方で、雪路が小さくスキップをする。頭から音符が飛び出るみたいに、白く染まった吐息が丸く渦を作った。

「……いつの」

「え？」

振り返った彼を、無意識に睨《にら》んでいた。でも、雪路は絶対に怯《ひる》まない。

「笑ってるところって、いつの私の顔」

雪路が描いたヒロインのカットを、結局桂都は見ていない。最終話が完成する前にどこかで見るチャンスはあるだろうが、さっきちゃんと見ておけばよかった。今、ちゃんと見ていた自分で「バカ言ってんじゃないよ」と切り返したかった。

「えー、決まってるじゃん、そんなの」

困ったという仕草をするくせに、顔は笑ってる。口の中にしばらく残る牡蠣の甘さみたいな、もったりとした笑顔で。

「コンビニ寄って帰ろ」

桂都の肩を摑んで、何食わぬ顔で歩いていく。まるで、自分の一部に触れるような手つきで。

「あんたさあ、そういうところ本当に質悪いよ」

苦言を呈するくせに、足は勝手に、彼について行ってしまう。

「元カノといたしてるところを思い浮かべながらヒロインを描きましたとか、絶対に他の人に言っちゃダメだからね」

「言わないよ、そんな下品なこと」

へらへらと笑いながら、雪路が桂都の手を引く。

雪路の部屋は相変わらず、通販の段ボール箱（開封済みのものもあれば未開封のものもあった）と洗濯物で溢《あふ》れていた。生ゴミが溜まってなかったことだけが幸いだったが、エアコンのリモコンはやはり見当たらない。

「エアコンのリモコンを探すか、お風呂《ふろ》に湯を張るか、二つに一つだよ」

そう言ったら、雪路は迷わず風呂を入れた。トイレと湯船と洗面台が一緒になった狭苦しいユニットバスは、湯を張ると蒸気が籠《こ》もって真っ白になる。

設計した人も施工《せこう》した人も、大の大人が二人で入ることなんて想定してなかっただろうに、「すぐに冷めるから」という理由で二人で入った。

桂都の住むアパートも大差ないが、雪路の部屋は安普請《やすぶしん》だった。室内なのに気温が外と一緒……は言いすぎかもしれないが、冷気が窓や壁からしんしんと染み込んでくる。

部屋の端に行けば行くほど空気が強《こわ》ばるのだ。

ベッドが窓際《まどぎわ》にあるから、この部屋で一番寒い場所に雪路の寝床はあることになる。

仕方がない、そこにしかベッドが置けそうにないんだから。四年目のアニメーターなんてみんな金がない。風呂とトイレのある部屋で一人暮らしができているだけまだマシな方だ。

そう思うのに、これすら水柿雪路という男の質の悪さに感じてしまう。獲物を誘《おび》き寄せるためのチョウチンアンコウの提灯《ちょうちん》。罠《わな》だとわかっていて、それにいそいそと近寄ってしまう。

寒い、寒い、と言いながら羽毛布団《ぶとん》にくるまったら、目覚まし時計をセットするかのような手つきで雪路はキスをしてきた。そういうところだ。本当に、そういうところだ、こいつは。

でも、変な遠慮や探り合いのないところが、好きではあった。絵を描くときの彼の手つきと似ていて、その手で触れられるのは心地がよかった。

「ねえ、あんたのギガネスはさあ……」

「もう居酒屋じゃないんだから、ギガネスで伏せる必要ある？」

自分から始めたくせに、雪路はふふっと鼻を鳴らして肩を揺らす。

「じゃあ、ストレートに聞くけど、勃《た》つわけ？」

「牡蠣食べた。酒も飲んでない。きっといける」

半笑いで、でも自信満々で雪路は言った。半ば期待せず、今度は桂都から彼にキスをした。

だがしかし、半ば期待せずということは、残りの半分は期待していたということだ。

だから、三ヶ月前と同じ結果で終わったことを「やっぱり」と思った。その「やっぱり」には、呆れとショックが半分ずつ綺麗に収まっていた。

「最悪だ」

枕《まくら》に顔を伏せた雪路の顔から、笑みが消えたのがわかる。

「だから言ったじゃん」

枕で擦れて明後日《あさって》の方向へ飛び出た雪路の前髪を直しながら、桂都は大袈裟《おおげさ》に溜め息をついた。

雪路が勃たなくなったのは、付き合って二ヶ月ほどたった頃だった。放送中の夏アニメが、軒並み後半戦に入った頃。

最初は「疲れてるのかも」「酒飲んだせいかも」と彼は言った。桂都もそうだと思っていた。

だが、それが一ヶ月も続くと、段々と空気が悪くなっていく。普段は炭酸が抜けて温《ぬる》くなったソーダ水みたいな顔で生きているくせに、ときどき酷く深刻そうに眉《まゆ》を寄せるようになった雪路に、「別にさあ、ＥＤで死ぬわけないんだからさ」と軽口を叩いたのは桂都だった。

その日も、彼の部屋のベッドに寝転がっていた。エアコンはついていた。部屋は寒いほど涼しく、桂都はタオルケットに包《くる》まって雪路の横顔を見ていた。

「そういう問題じゃないよ」

布団を首元まで掛けて天井を見上げたまま、確か雪路はそう呟いた。

いつも通り半笑いでいるくせに、でも、どことなく真剣な声色だった。気づいていたくせに、深刻な空気を敬遠してさらに軽口を叩いた。

「いいじゃん、セックスなんてしなくたってさ。それこそ、死ぬわけじゃないし」

「しなくても死ぬわけじゃないから、することが大事だと思う人もいるんじゃないの？」

　本気で傷ついているくせにニヤニヤしていた雪路も、わかっていてその場の空気を優先した桂都も、どっちもどっちだった。

「桂都がね、セックスしたくないとか興味がないっていうなら話は別だよ？　別だけど、少なくとも今、桂都はそう思ってない」

　そうだけれど、確かにそうだけれど。何と返すのが正しいのかわからないまま、桂都は小さく唸《うな》った。「桂都はそう思ってない」と言い切られたことに、胸ぐらを摑まれるような感覚がした。

「あとね、これはセックスする・しないだけの問題じゃないから。俺の尊厳の問題よ」

　お前にはわからない。そんな口振りにちょっと腹が立った。こっちは心配して、フォローしてやってるのに。

「あー、うん、ごめん、ごめん。まあ、ほら、そっちの意味で私に飽きたのかもしれないしさ、別の子ならまた復活するんじゃないの？」

　言いながら傷ついている自分に気づいた。いや、こんなの冗談なのに。軽口なのに。でも同時に、カビでも生えるみたいにぬるっと付き合いだしたことを後悔した。彼のことは嫌いではない。ないけれど、甘ったるい感じの好きではない。向こうも恐らくそう。

だから、勃たなくなったのもわからんでもない。なんて思ってしまう。

寝返りを打った雪路は、桂都に背を向けた。桂都も彼に背を向けて、その日は眠った。

翌朝、九時にアラームが鳴った。ユニットバスの中の洗面台で順番に顔を洗い、歯を磨き、朝食も取らず家を出た。パンとお茶を買うために近くのコンビニに揃《そろ》って入り、揃ってスタジオに入った。

その日以来、桂都は雪路の家に行かなくなって、雪路も「うち来る?」と帰りがけに言わなくなった。そもそも、同じタイミングでスタジオを出ることがなくなった。

そうこうしているうちに、秋アニメの作業が忙しくなり始めた。雪路は難度が高く重要なカットを次々依頼され、スタジオに泊まり込むようになった。

自然消滅というには思い当たる部分が多すぎたが、一応これは〈別れた〉という状態なんだなとすぐに納得した。

「――秋アニメの間、ずーっとEDだったんだ」

「やめて、病名を口にされると余計にグサッとくるから」

苦笑いのまま胸に手をやった雪路が、上目遣いに桂都を見てくる。

「最終話のラストカットも描き上げたし、牡蠣も食べたし、いけると思ったんだけどなあ」

牡蠣に含まれる亜鉛だか何だかには、男性ホルモンの分泌量《ぶんぴつりょう》を増やす効果があるとかないとか、確かに聞いたことがある。彼が牡蠣を食べたいと言い出したとき、ぼんやりと……いや本当ははっきりと、そのことを考えた。

「私は、あんたがまだ私としたいと思ってたことに驚いたよ」

「えー、そりゃあ、したいよ。桂都といるの、楽なんだもん」

なんだ、楽って。好きでも楽しいでもなく、楽って。

「桂都はさぁ、絶妙なバランスの人だから一緒にいて気持ちがいいんだよね。部屋の掃除はしてくれるけど、四角い部屋を丸く掃くタイプだし。ご飯作ってくれるときも、一からぜーんぶ手作りなんてしないし。洗濯してくれても、綺麗に畳んでタンスにしまったりしないし」

「さり気なく私のこと貶《けな》してる？」

「違うよ。それ以上親切にお世話されたら、居心地が悪くなるってこと。変にべたついてないし、でもくっついてると気持ちがいい」

するすると、雪路の手が背中に伸びてくる。犬猫が身を寄せるような、可愛げがあるのにどこか野性的な動きだった。

「ダメ男製造機って言われてる気分なんだけど」

「俺はもともとダメな男だから大丈夫」

それの一体どこが〈大丈夫〉なんだか。

桂都の首筋にぐりぐりと顔を寄せて、彼は大きく溜め息をついた。生温かい息が鎖骨を掠《かす》めていった。

「牡蠣でダメだったかぁ。次は何食えばいいかな」

「病院は？」

「行ってない」

いや、行きなよ。言いかけて、三ヶ月前の彼の「俺の尊厳の問題よ」という言葉を思い出した。

「やっぱりさ、働き過ぎなんだよ。基本的に座りっぱなしの仕事だしさ、そりゃあ……よくなさそう」

一日十時間以上、ひたすら座りっぱなしで絵を描く仕事だ。桂都ですら、下半身のむくみや腰痛《ようつう》で夜に眠れないときがある。

「それに、雪路は食生活がよくないよ。牡蠣を食べたらOKってわけじゃなくて、日頃の食事を見直した方がいいね」

「わかってるけどさ、忙しくなると、そんなことも言ってられないでしょう？」

また、温かな息が鎖骨をくすぐる。身じろぎをして、こそばゆい位置から雪路の口を離した。

アニメーターの仕事は歩合制で、ナルニアスタジオは最低保証が月八万だった。一年目の新人は、毎月それしか稼げないことも多い。仕事以外の時間も絵を描いて腕を上げることに努め、貯金を切り崩すか実家を頼るかして生活する。

アニメーター歴も四年目に入ったとはいえ、まだまだ若手の自分達の生活はいつだって綱渡りで、耐えられない人間からどんどん辞めていく。こんな生活に嫌気が差したり、体を壊して離脱せざるを得なかったり。

だから、雪路が灯《とも》した提灯に誘われてしまうのだろうか。雪路も、隣のデスクで仕事をする同期の女に、提灯の光をちらつかせてしまうのだろうか。

「牡蠣がダメなら、やっぱり鰻《うなぎ》とかなのかなあ」

無意識にそんなことを呟いていて、ああ、ダメだなと思った。こいつもダメなら私もほどほどダメだ。

嫌いではない。好きかと言われると難しいところで、決して甘ったるい感情が彼に対してあるわけでもない。桂都のことを「好き」でも「楽しい」でもなく「楽」と言った雪路のことを、咎《とが》める資格もない。

「鰻は高いよ」

「だよね。栄養があるものなら何でもいい気がするけど……レバーとかかな。サバとかサンマとかもいいって聞いたことがあるけど。そういえば、ビール酵母って効くの？」

「効くかは知らんが量が増えるらしいと李さんから聞いた」

「え、李さんに相談したの？」

「いや、打ち合わせしてたら、流れでそんな話になって」

「打ち合わせ中にどうしたら、流れでそんな話になるんだ」

桂都から見た作画監督の李さんは寡黙《かもく》で、打ち合わせで必要最低限の話しかしないタイプなのだが。

「さあ？　マチズモってやつじゃない？」

知らないけど、と鼻で笑って、雪路は桂都の首の付け根を甘噛みして離れていった。

枕に頭を預け、「あーあ、寝よ」と目を閉じる。桂都も同じようにした。

ギガネスの最終話はまだ完成していない。なんだかんだ、明日は誰かの作業のヘルプを要請される気がする。もしくは、次のクールのアニメの何話を担当してほしいとか、そんな話が制作進行からされるはずだ。

「落ち着いたら、またご飯に行こうか」

まだ寝息は聞こえなかったから、隣に向かって投げかける。

「EDに効きそうな食べ物、探しておくよ」

「病名を出さないでよ、グサッとくるから」

布団の中で再び胸に手をやった雪路に、忍び笑いが止まらない。

「じゃあ、絶倫メシ、探しておくから」

「何そのネーミングセンス」

「EDメシよりはよくない?」

「まあ、いいけど」

少しだけ雪路の方に身を寄せた。じゃないと、布団の端から徐々に冷気が忍び込んでくる。素肌にはちょっと寒い。でも、一度脱いだ服をわざわざ着る気にもならない。

こうやって彼と布団の中で肌をすり合わせているのは、確かに気持ちがいいのだ。

やみ鍋

織守きょうや

織守きょうや

Origami Kyoya

1980年、ロンドン生れ。元弁護士(休業中)。
2013年『霊感検定』でデビュー。
2015年「記憶屋」で
日本ホラー小説大賞読者賞を受賞。
他の作品に『リーガルーキーズ！ 半熟法律家の事件簿』
『隣人を疑うなかれ』『彼女はそこにいる』などがある。

どこからか、かつお出汁《だし》のにおいが漂ってきた。

夕暮れどきの、新宿駅西口のロータリーである。

本来ならばいいにおいなのだろうが、雨上がりの空気と駅のにおいとまじりあい、食欲をそそるかというと微妙なところだ。このあたりにうどん屋か何かあっただろうかと辺りを見回し、俺は、ロータリーの一角に目をとめた。

折り畳み式の椅子《いす》に腰かけて、土鍋《どなべ》を火にかけている男がいる。若干季節を先取りしすぎているように思える丈の長いコートを着て、つばのある帽子をかぶっていた。低い椅子に座っているせいで、コートの裾《すそ》は、地面についてしまっている。それを気にする風もなく、男は鍋を見つめていた。夕食にはまだ少し早い時間だが、暖をとる意味もあるのかもしれない。秋も深まり、ここ数日は、夜になればそこそこ冷えるようになっていた。

タクシー乗り場からは数メートル距離をとり、乗り降りする客の邪魔にならないよう配慮はしているようだが、駅構内であることに変わりはない。そんな場所で、一斗缶の上に土鍋を置いて煮炊《にた》きしている様子は相当にシュールな画《え》だった。しかし、せわしなく行き過ぎる人々は、誰一人として立ち止まらない。それぞれの人生に精いっぱいで他人のことなど目にも入らないのか、目に入ってもどうでもいいのか、もしくは、かかわりあいになるまいとしているのか。

俺も、見なかったふりで行き過ぎるべきだったのかもしれない。しかし、思わず足を止めてしまった。

どうにも気になったのだ。自分とさほど変わらない年に見える彼は、一体何を思って、駅で鍋料理を作るに至ったのか。

昼すぎまで降っていた雨のせいで、空気はじめじめとしている。こういう日は湿気を含んだ髪が広がり、始末に負えない。前髪が額にかかる感触がうっとうしくて、俺は、結果的に無意味に整髪料を塗り込んだだけになった癖毛を、手のひらで押さえつけた。

鍋をのせている銀色の一斗缶は、下の部分にいくつも穴が開いていて、そこから赤い炎が見えている。アウトドアで使う、簡易なかまどのようなものらしい。あの様子だと、結構な火力なのではないか。火は缶の中で燃えているとはいえ、穴からのぞく色は駅員に注意されそうなほど赤々と鮮やかだ。いや、そもそもこんな場所で焚《た》いていること自体が問題で、火の大小は関係がないか。

土鍋は一人鍋用の小さなものではなく、見たところ三、四人用のサイズだ。何を煮ているのだろう。さっきはかつお出汁のにおいがしたと思ったのに、意識して鼻から空気を吸い込んでみても、もうにおいはわからなくなっていた。鼻が慣れてしまったのかもしれない。

俺と男とは、二メートルほどの距離だ。

彼は、火にかけた鍋のほうを向いて、じっとしている。

以前、会社の後輩から聞いた話を思い出した。外回りの途中、通りかかった駅前の広場で、ホームレスがとんでもないものを鍋で煮ているのを見た、という話だ。

その後輩曰《いわ》く、駅を出て広場を横切っていると、どこからか、かつお出汁のにおいが漂ってきたのだそうだ。何だろうと思い、彼が周囲を見回すと、広場にホームレスの老人が数人集まって、鍋を火にかけている。ぼこぼことあちこちがへこんだ、アルミ製の鍋だった。ああ、何か煮炊きをしているのか、と軽い気持ちで目をとめたところ、彼は鍋のふちから、灰色のものがはみ出しているのに気がついた。よく見ると、それは鳩《はと》の首で、開いたままの目がこちらを向いている。後輩はぎょっとして逃げ出し、それからしばらくその広場には近づけなかったという。

俺としては、この話は眉唾《まゆつば》だと思っている。まず、ホームレスだからといって野生の鳩を食べるとは到底思えないし、仮に、鳩を食用にする人がいたとしても、調理する前に血抜きをしたり、羽をむしったりする作業が必要になるはずだ。羽毛の灰色が見えたということは、羽をむしりもせずにそのまま煮ていたということになるが、それでは食べられない。特別な調理法があって、羽をむしる前に蒸すなり何なりしていたとか、下ごしらえをする前の鳩を一時的に鍋に入れておいたのを見たとか、なんとか説明がつかないものかと考えてみても、やはりおかしい。出汁のにおいが漂っていたということは、その時点で味つけがされていたということだ。羽をむしる前の鳩を丸々、出汁で煮るということは考えられない。

俺がやんわりとそれを指摘しても、後輩は「見間違いじゃない」「あれは鳩だった」と譲らなかった。嘘《うそ》をつく理由もない。おそらく本人は、それが事実だと思い込んでいるのだ。実際にはどうであれ、本人には、そう見えた。

広場には普段からよく鳩が集まってきていたそうだし、ホームレスも多い場所だったというから、「まさか鳩を煮ているのでは」という考えが頭にあって、何かを見間違えたのだろう。そうでなければ、からかわれたのだ。ネット動画か何かの、ドッキリ企画だったのかもしれない。

そんなことを考えていると、ロータリー前で煮炊きをしていた男がこちらを見た。濡《ぬ》れたビー玉のような黒い目と視線が合い、どきっとした。

「鍋はお好きですか」

自分に話しかけてきたのだ、と気づくのに数秒かかる。

親しげに声をかけてきた——と言うには、ずいぶんと平淡な声だ。

俺がすぐに反応できずにいると、男は鍋のほうへ向けていた身体《からだ》ごと、ゆっくりと俺のほうを向いた。はっきり顔が見えるようになる。これといって特徴のない顔をした男だった。俺と同じような。

俺は、ええ、まあ、と答えて、愛想笑いを浮かべる。

正直なところ、鍋は好きでも嫌いでもない。ただ、簡単にバランスよく栄養がとれるので、社会人になって一人暮らしを始めてからは、一人でもたまに食べるようになった。普通の調理用の小さな鉄鍋で、野菜も肉もいっしょくたに煮込んだものを、鍋から直《じか》で食べるだけだから、鍋料理と呼んでいいかどうかも怪しい代物《しろもの》だったが。

俺は斜めがけにした鞄《かばん》のストラップを直しながら、なんとなく数歩分、男に近づいた。

こんな場所で鍋なんて大胆ですね、と言いかけてやめる。

「何を煮ているんですか」

かわりに、そう尋ねた。

男は答えなかった。

無視されたのかと思いきや、別のものに気をとられているようだ。

俺の肩越しに何か見つけた様子で、はっとした表情になり、折り畳み椅子から立ちあがる。

「ちょっと手を貸してもらえますか」

焦《あせ》ったような声音で手招きされ、戸惑いながらも、言われるまま、さらに近づいた。男のコートからは、濡れた地面のようなにおいがした。

「持っていってください」

男は両側の持ち手をつかんで土鍋を持ち上げ、そのままそれを押しつけてくる。つい流されて受け取ってしまった。一瞬躊躇《ちゅうちょ》したが、素手でつかんでも、持ち手は熱くはない。思ったほどには重くもなく、少し拍子抜けした。なみなみ中身が入っているにしては、軽すぎるような気さえする。それなりに重みはあるが、それは土鍋自体の重さだろう。火にかけられていたのだから、具材は入っているはずなのだが。

こんなものなのだろうか。この鍋そのものが、軽い素材でできているのかもしれない。

俺がそんなことを考えている間に、男は一斗缶に蓋《ふた》をし、慣れた手つきで火の始末をして、片づけを始めた。ついさっきまで火が燃えていたのだから、相当熱いのではないかと思うが、軍手一枚で平気な顔をしている。構内で煮炊きしているところを、駅員に見つかるとまずいのだろう。それはそうだ。今まで注意されなかったのが不思議なくらいだった。あるいは、一度注意されたのに懲《こ》りずに火を焚いていていて、だからこそ今、慌《あわ》てているのかもしれない。

軍手をはめたままの手で、一斗缶を大きな帆布の袋に突っ込み、ほかの荷物とひとまとめにして背負うと、男は、椅子も畳んで小脇《こわき》に抱えた。そして、

「鍋をお願いします」

そう言うなりこちらに背を向ける。

「えっ」

困ります、と言う暇もなかった。引き留めようにも、両手は鍋でふさがっている。男が小走りに去るのを、なすすべもなく見送るしかない。

後に残された俺は、土鍋を持ったまま立ち尽くした。

今度は俺の前を、後ろを、人々が通り過ぎていく。湿った風が顔を撫《な》で、髪の毛が頬に張りついた。

近づいてきた駅員も、こちらを一瞥《いちべつ》しただけで、足を止めることなく通り過ぎる。

男の姿はもう見えない。駅員がいなくなっても、まだ警戒しているのか、戻ってくる気配もない。

途方に暮れて、土鍋を見下ろした。

どこにでもあるような、普通の土鍋だ。

中身は何なのか、顔を近づけて蓋ごしににおいを嗅《か》いでみても、わからない。かつお出汁のにおいはもうしない。かといって、ほかのにおいもしなかった。

もつ鍋やキムチ鍋なら、においでわかりそうだ。ならば、寄せ鍋や、水炊きだろうか。それならポン酢が要るはずだが、あの場には出ていなかった。すき焼き、なんて豪勢なものを駅で作ったりはしないだろう。おでんあたりはあり得るかもしれない。

においを嗅ごうと下を向いたせいで、また前髪が顔にかかった。両手がふさがっているので、ぶんと頭を振って払う。

しかし、まあ、鍋料理というものは、何でも煮込めば食べられるというのがいいところだから、おそらくあの男が作っていたのも、手に入った食材を放り込んで煮込んだ、適当な鍋なのだろう。ホームレスとなると、肉や魚介や、鍋に適した野菜を好きなだけ買って……というわけにはいかないだろうから、普通なら鍋に入れないようなものが入っていてもおかしくない。まさか野生の鳩は入っていないにしても、野草とか、安く手に入るような食材を煮込んで、一種の闇鍋《やみなべ》、いや、ごった煮のような……とそこまで考えて、大学生のころの鍋パーティーのことを思い出した。

大学二年目の冬のはじめ、一人暮らしをしていた先輩の部屋で、数人で材料を持ち寄って鍋パーティーをしようという話が出た。それが、いつのまにか、どうせなら闇鍋にしよう、ということになった。どういう流れだったかは覚えていない。俺は、鍋はあまり冒険せず、シンプルなほうがうまいのではないかと思っていたが、つまらない奴《やつ》だと思われたくなくて、反対はしなかった。持ち込む具材を何にするか、スーパーの売り場でさんざん悩んだ末、ゆで玉子と裂けるチーズを買っていった。

幸いなことに、先輩や同級生たちも、それほどおかしなものは持ち込まなかった。肉や野菜といった通常の具材のほかには、餅《もち》や、かまぼこ、スルメ、魚肉ソーセージ、ぼんち揚、ベビースターラーメンなどがあった。おつまみのスルメや燻製《くんせい》類は、出汁が出るから、鍋に入れると意外とうまいのだと言って、部屋の主《あるじ》である先輩がハサミで切って投入した。かまぼこや魚肉ソーセージは思ったほど主張しなかったし、スープに油が浮きはしたが、駄菓子も思ったより具材らしくなじんでいた。闇鍋初体験で、食べられるものになるだろうかと心配していたから、内心ほっとしたのを覚えている。

本来は、電気を消して暗くした中で鍋の具材をとり、箸《はし》が触れたものは絶対に食べなければならない……というのが闇鍋のルールらしいが、その集まりは結局のところ、変わったもの、意外なものを鍋に入れて楽しむだけの会だった。意外と悪くないな、むしろいけるな、こっちは微妙だけど食べられなくはないな、などと感想を言いながら鍋をつつきあう。スルメや魚肉ソーセージの出汁が出たスープは、むしろ、普段食べているものよりもコクがあるような気さえした。

たまにはこういう変化のある鍋もいい。参加してよかった、と思った。

しかし、最初にとった具材を皆が食べ終わるころ、その場に一人だけいた女性の先輩が、「もっと冒険しようよ」と言い出した。

「せっかく闇鍋なんだからさ。味の想像がつく具材ばっかりじゃ、おもしろくないでしょ」

そう言って彼女が取り出したのは、スルメやスナック菓子と一緒に駄菓子屋で買ってきたらしい、ぶどう味のガムだった。俺たちが止める間もなく、彼女は果物の絵の描かれた小さな紙箱を開け、丸い粒をぽちゃぽちゃっと鍋の中に投入する。

あっというまに、鍋は紫色に染まった。そして、出汁や食材の香りは、人工的な甘い香りに塗りつぶされた。

たった二粒のぶどうガムに、一瞬にして蹂躙《じゅうりん》された鍋を前にして、笑っている者もいたが、顔を引きつらせている者もいた。

俺はただ呆然《ぼうぜん》としていた。

まだ、自分の器に一度具材とスープをよそって食べただけだった。

「おっまえふざけんなよ！」

「なんでよ、闇鍋ってこういうもんでしょ」

先輩たちのやりとりも、どこか他人事《ひとごと》のように、頭を素通りしていく。

「おまえ食えよ責任持って！　うわ、白菜紫なんだけど」

「まじ紫！　まじうける」

笑っている彼女の取り皿に、部屋の主の先輩が薄い紫色のスープと具材をとって手渡す。彼女は一口食べ、「まずっ」と言って笑い転げた。

「においすご！」

酒が入っている同期の一人は、彼女と一緒になってげらげらと笑っている。部屋の主である先輩は、「もう食えねえな」と言いながら鍋をかきまわしている。

箸と取り皿を持ったまま凍りついている俺に気づき、女性の先輩は、もう一度「まじうける」と言って笑った。

俺は、まだ鍋に入れていなかった裂けるチーズと、鍋の具材になるはずだったおつまみの残りを食べた。それがその日の夕食だった。

ぶどうガムを鍋に入れた女性の先輩の名前を、俺は、この日まで知らなかった。

しかし、その一週間後、彼女は、俺の初めての彼女になった。何がどうしてそうなったのかはもう覚えていないが、鍋パーティーがきっかけだったことは間違いない。彼女とは、一年くらいつきあった。後にも先にも、彼女と鍋を囲んだのは、このときだけだ。

そんなわけだから、俺は、鍋パーティーというものに、あまりいい思い出がない。いや、それがきっかけで初めての彼女ができたのだから、これは、いい思い出と言えるのだろうか。

しかし、あのころのことを思い出そうとすると、自動的にぶどうの香りがよみがえり、紫色に染まった鍋を見たときの絶望的な気持ちばかりが浮かぶのだ。

ヒールの音を鳴らして、若い女性が目の前を通りすぎた。五十センチほど距離はあったが、俺はさらに一歩後ろへ引き、道を空ける。

俺に鍋を預けたきり、あの男は帰ってこない。

そっと鍋を持ち上げて顔に近づけてみると、蓋ごしに、頬に熱が伝わった。さっきまで火にかけていたのだから当たり前ではある。持ち手のところまで熱くなってはいなくて助かった、と思ったが、気がつけば、持ち手も温かくなってきている。最初は自分の体温が移っただけかとも思ったが、やがて持ち手の温度が、明らかに体温を上回った。

今頃になって、熱が伝わってきたのだろうか。指に意識が集中したせいもあるかもしれない。じわじわと温度があがり、温かいを通り越して、熱くなってきた。指の当たる位置をずらして耐える。

きょろきょろと辺りを見回す。男の姿は見当たらない。

駅員はもういなくなったのに、何故《なぜ》戻ってこないのだろう。

熱い。火傷《やけど》をしそうなほどではないが、ずっと持っているのは辛《つら》くなってきた。どこかに鍋を置きたい。しかし、地面に直接、食べ物の入った鍋を置くのは抵抗がある。辺りを見回したが、鍋を置けそうな場所は見つからなかった。

自分の髪が、ちくちくとうなじや頬にあたってわずらわしい。俺は子どものころから肌が弱かった。今日は湿気のせいで肌が敏感になっていて、いつもは気にならないことまで気になっている。

鍋を持ってうろうろしていると、手元から、コンッと音がした。

俺は手の中の鍋を見下ろした。

内側から聞こえた気がする。持つ手に、振動も伝わったようだった。つまり、音は、鍋の中で鳴った。

俺が動いていたから、中身が揺れて、鍋肌にぶつかったのだろうか。それとも、熱のせいで、煮立った具材が蓋の内側に当たった？　たとえば、貝の口が開いたとか。

そっと鍋を揺らしてみたが、もう音はしなかった。たぷんと水分が揺れる音くらいはするかと思ったが、それすらしない。

そうこうしているうちに、熱さは気にならなくなっていた。熱いことは熱いが、耐えられないほどではない。冷めてきたのかもしれない。

しかし、なんだか、さっきまでよりも重い気がする。腕が疲れてきたからそう感じるのだろうか。

鍋を持ったまま両肩を後ろへ回してほぐす動きをする。

辺りを見回したが、やはり、男が戻ってくる様子はない。

もう戻ってこないかもしれない、と思った。

最初から戻らないつもりなら、鍋を頼むなどとは言わないだろうから、いつかは戻ってくるつもりだと思いたい。しかし、それがいつになるかはわからない。この後何十分も、あるいは何時間も待たされるかもしれない。

考えてみれば、待ち続ける義理はないのだ。あの男は知り合いでも何でもない。鍋を受け取ってしまった以上責任があるような気がしていたが、こんなものはさっさとどこかに置いて帰ってしまったところで、誰に咎《とが》められる筋合いもない。

そうしてしまおうか、と思ったとき、鍋の中で、もぞっ、と何か動いた気配がした。

驚いて落としそうになった鍋を、慌てて持ち直す。

動いた？

ぞっとして、鍋を見下ろした。

確かに、鍋ごしに伝わってくる感覚があった。気のせいだろうか。指先に神経を集中させ、閉まったままの蓋をじっと見つめる。

動く気配はないかわりに、蓋がかたかたと揺れて、小さく音を立てていた。熱のせいか？　こうして持っていても、もう、全然熱さは感じないのに。いや、今は熱くなくても、火にかけられていた鍋なのだから、その影響が出たとしてもおかしくない。鍋の内側と外側で空気の圧が違うとか、そういう何かだ。きっと。いや、もっと単純に、俺の手が震えているだけかもしれない。

気のせいだろうと思いたくても、間違いなく何かが動いた感覚は手の中に残っている。また動いたらと思うと、気持ちが悪くてたまらなかった。

一刻も早くこの鍋を手放したい。物理的に、この手を放してしまいたい。しかしそんなことをしたら鍋は粉々になり、中身も飛び散るだろう。そうなったところで知ったことかという気持ちもあるが、やはり、預かったもの、という負い目がある。それに、人目も気になる。今ここで鍋と中身を散らかしたら、咎められるのは自分だろう。

ならば、そっと置いて立ち去ればいい。忘れものですよと声をかけられるかもしれないが、無視して行ってしまえばいいのだ。走って逃げたっていい。不審物を駅に置き逃げしたと思われてつかまってしまうだろうか。預かっただけで自分のものではないと言ったところで、信じてもらえるかは怪しい。いや、たとえそうなったとしても、ただの鍋だということはすぐにわかるから――。

そこまで考えて、はた、と気がついた。

そもそも、中には本当に、鍋の具材が入っているのだろうか。

もしも、危険物が入っていたら？

爆弾――ということはないだろう。火にかけているのをこの目で見たのだ。動く気配がしたということを考えると、危ない動物か何か、ということもあり得る――毒を持った生き物、蛇とか蜘蛛《くも》とか。嚙《か》む動物とか。

いや、鍋ごと火にかけられていた以上、生き物が入っているわけがない。凍りついて冬眠していた生き物が、火にかけられて目覚めたなんて馬鹿《ばか》なことでもない限り、その二つは両立しない。

火にかけていたと思ったのが間違いか、動いたと思ったのが間違いかだ。

自分の感覚さえも信じられないとなると、ますますもって、わからない。鍋の中には一体、何が入っているのか。

にわかに、自分の手の中にあるものが、得体の知れないおぞましいものに思えてきた。ただの鍋だ、と自分に言い聞かせながら、持ち手から何かが肌を伝って侵食してくるさまを想像してしまう。

まだしばらくあの男を待つにしても、やはり、いったん、どこかに下ろそう。とりあえず鍋を置いて、そのまま去るか待つかは、それから考えればいい。

そう思うのに、何故だろう、張りついたかのように指は持ち手から剝《は》がれず、足も動かない。

あの男は、何故、自分にこの鍋を預けたのだろう。たまたま俺が通りかかったときに、駅員が近づいてきたから——だと思っていたが、今となってはそれも怪しい。最初から、戻ってくるつもりはなかったのではないか。

火にかけていたのも、俺を油断させるための見せかけで、本当は、鍋の中に具材など入っていないのではないか。

この鍋を俺に押しつけるために、すべては仕組まれていたのではないか。

だとしたら俺がすべきなのは、一刻も早くこの鍋を手放すことだ。頭ではわかっているのに、何故それができないのか。具材が入っているかもしれない鍋を地べたに置いたり、投げ捨てたりといった行為に対する心理的な抵抗は、確かにある。人目も気になる。しかし、それだけとは思えなかった。まるで、何らかの力に干渉されているかのようだった。

二人連れの女性が、こちらへ歩いてくるのが見え、俺は数歩分横へずれて道を空けた。彼女たちは、鍋を持ったまま突っ立っている俺に見向きもせずに、背後のタクシー乗り場へ向かう。

一人は、タクシーに乗る友人を見送りに来たらしい。じゃあね、またね、今日はありがとう、とやりとりが聞こえてきた。

「あ、忘れるとこだった、これ借りてたやつ！　と、お礼のお菓子入ってるから」

見送る側の女性が、薄紫色のビニール袋に包まれた何かをトートバッグから取り出し、連れの女性に手渡す。

それを見て、そうだ、と思いついた。この鍋を誰かに渡してしまえばいいのだ。あの男が自分にそうしたように。そうすれば手放せる。

誰かに。誰に？

辺りを見回すが、皆、俺の姿など見えないかのように歩いている。じろじろと見られるよりいいはずなのに、ここまで無関心にスルーされると、不安になってくる。

あの男が鍋を火にかけていたときも、足を止めたのは俺だけだった。皆、まるであの男も鍋も見えていないかのように通り過ぎていった。

もしや、あの男は、自分にだけ見えていたのではないか。

今の俺の姿も、誰にも見えていないのではないか？

周囲の音が遠くなる。水の中にいるときのようだ。自分だけが、別の次元にいるような気になってくる。

もし、声をかけても誰も足を止めてくれなかったらと思うと、身体が固まり、喉《のど》がつまった。鍋を持った手だけでなく、脚まで震え始める。

声をかける相手は選ばなければならない。誰でもいいわけではない。女性は避けたほうがいいだろう。無視をされるだけならまだしも、下手をしたら、悲鳴をあげて逃げられて、駅員か、警察を呼ばれる事態になりかねない。

何と声をかければ、怪しまれないで足を止めてもらえるだろう。

「すみません」「ちょっと手を貸してもらえませんか」「少しだけ、これを持っていてもらえますか」――。

うなじから背中にかけてじっとり汗で湿っているのを感じた。反対に口の中はからからだったが、無理やり唾液《だえき》をのみこんで喉を湿らせる。

辺りを見回すと、足を止めて、こちらを見ている男がいた。よし、と狙《ねら》いを定める。あの男だ。

ゼリーのように粘度の高い空気の中、俺は、泳ぐように一歩踏み出す。引きつっているのは自分でもわかったが、なんとか笑顔を作り、口を開いた。

「な、鍋は」

鍋はお好きですか――と、気づいたら、言うつもりもなかった言葉が口からこぼれていた。

つりあげた口角がぴくぴくと動いているのが自分でもわかる。何故こんなことを言ってしまったのか、自分でもわからない。次の言葉が出てこず、俺は、笑顔で鍋を持ったまま固まった。

突然話しかけられた男は、ぱちぱちと二度瞬《まばた》きをした後、ははっ、と笑い声をあげた。

「何言ってんのナベさん」

つか、何で敬語？　と軽い口調で返され、はっとする。

目の前に立っているのは、同僚の片山《かたやま》だ。

「何、土鍋手で持ってきたん？　すげー目立ってるんだけど」

ああでも、そんなでかい鍋入る鞄とかあんまりないか、と言って笑った。彼はカーキ色のエコバッグを片手に提げていて、そこから、ネギの青いところと、白菜の頭がのぞいている。

「行こう。鍋がなきゃ鍋パ始まんないじゃん」

そう言われて思い出す。

そうだ、今日はこれから、鍋パーティーの予定だった。忘年会には少し早いが、同僚の家で、久しぶりに集まろうということになったのだ。

参加する人数が多いから、主催者の家にある鍋だけでは足りないと、俺が追加の土鍋を持参することになっていた。

「ナベさん、大丈夫？　何か汗かいてない？」

「ああ、……大丈夫」

何故、今の今まで忘れていたのだろう。

鍋は重くも軽くもない。熱くもない。何かが動く気配もしない。

そうだ、これはもともと、自分の鍋だったのだ。

いつのまにか、周囲の足音やざわめきも戻っていた。

ロータリーでタクシーに乗り、同僚のマンションへ、片山と二人で向かう。膝《ひざ》の上に置いた鍋に、両手を添えて押さえた。

どうやって改札通ったんだよそれ、と片山が笑う。俺は、曖昧《あいまい》に笑い返した。

鍋パーティーなんて、誰かと鍋を囲むなんて、何年ぶりだろう。たったそれだけのことなのに、思っていたより緊張していて、そのせいで、少し神経質になっていたのかもしれない。

土鍋は、膝の上でおとなしくしている。


片山がタクシー代を立て替えてくれ、エレベーターのボタンも押してくれた。両手に鍋を持っているというだけで、至れり尽くせりだった。同僚のマンションに着くと、もうほかの参加者は全員集まっている。

「おつかれ。一緒に来たの？　ていうかナベさん、鍋、そのまま持ってきたの？」

「駅で会った。インパクトすげえよな。俺もびっくりしたよ、大事そうに手で持ってるからさあ」

「あ、自己アピール？　アイデンティティの表明？　渡辺《わたなべ》だけに」

目の前で交わされる会話に愛想笑いを浮かべた。鍋をキッチンへと運び、野菜や肉などの食材の並ぶ配膳台《はいぜんだい》の上に置く。キッチンには二人の同僚がいて、一人はおしゃれな感じのエプロンをつけていた。

「おっ、来た来た、追加鍋」

「サンキュー、ナベさん」

コンロは二口あった。どちらにも、まだ火はついていない。手前のコンロの上には、蓋の開いた別の土鍋が置いてあり、韓国風の赤いスープが張ってある。

「じゃあこっちにもスープ入れて、煮てくか！」

エプロンをつけた同僚が、配膳台の上にあった、「かんたんおいしいキムチ鍋」と書かれたパウチを手に取り、封を切った。

それに応じて、もう一人が配膳台の上の鍋の蓋を開けた。何の躊躇もなく、あっさりと。

鍋には何も入っていない。当たり前だ。

ほっと息を吐いた後で、馬鹿馬鹿しくなる。自然と頰が緩み、はは、と小さく声が出た。

何をあんなに怖がっていたのか、自分でもわからない。どうかしていた。

この鍋は最初から空だった。鍋パーティーのために、俺が自宅から持ってきたものだったのに。

どぼどぼと音をたてて赤いスープが、パウチから空の鍋に注がれる。

「八人だから、鍋二つでちょうどいいな。ナベさんが土鍋持ってきてくれて助かったよ」

「ほんとほんと。重かったんじゃないの？」

「いや、役に立ってよかったよ。一人暮らしだと、大きい土鍋ってあんまり使う機会がないから」

いつどこで買ったのかも思い出せないが、こうして皆に喜んでもらえるのなら、持ってきた甲斐《かい》があったというものだ。やっぱり鍋は大人数で囲むのがいい。

片山のいちおしだという映画を流しながら、皆でキムチ鍋をつついた。誰かが買ってきたパックの鍋スープに、さらにキムチを二パックぶち込んだ濃厚鍋だ。料理に慣れた人間がいないせいで、冷凍の豚肉は一部、ひと塊になったまま煮えてしまったし、箸でとろうとして崩れた豆腐がスープと一体化してしまったが、それはそれで、と楽しめる余裕があった。

鍋も、しめの雑炊もうまかった。楽しく飲み食いして、帰途につく。

大きめの紙袋をもらったので、鍋はそれに入れている。紙袋を提げて最寄り駅からの道を歩いていると、どこからか、かつお出汁のにおいが漂ってきた。どこかの家の、遅い夕食のにおいだろう。

コンビニ食が当たり前になっている身としては、普段は、よその家からうまそうなにおいがしてくるとうらやましいを通り越して恨めしい気持ちになるものだが、今の俺は鍋とビールで腹がふくれている。出汁のにおいにはそそられない。

それにしても、今日はよく食べた。久しぶりの大人数での食事も、楽しかった。鍋の席での苦い記憶は楽しい思い出に塗り替えられ、これからは以前よりもう少し積極的に、会食に参加できるようになるだろう。

満ち足りた気持ちで帰宅して、袋から出した鍋を、備えつけのコンロの横に置く。

三、四人用サイズの土鍋は、ワンルームの狭いキッチンに置くと、かなりの存在感があった。

しばらく使うことはないだろうし、場所をとるから、しまっておかなければ――と思い、俺は、あれ、と首をひねる。

こんな大きな鍋を、どこにしまっていたんだっけ。

洗い場の下や、食器を入れてある棚を開けてみたが、鍋が入るスペースはなかった。

一人暮らしの部屋で、もともと収納は多くない。

俺は食器棚の扉を閉めて、鍋を振り返った。

蓋をしたままの鍋は、電気を消したままのキッチンの調理台の上に鎮座している。

はっとした。

鍋の蓋が少しずれて、何かがはみ出している。

だらりと、何か柔らかそうなものが――さっきまで皆で囲んでいた、豚と海鮮のキムチ鍋に入っていたアサリを思い出した。煮込む前の、わずかに開いた二枚貝の隙間《すきま》から水管が出ているさまに似ていた。

それが一瞬、鳩の首のように見えた。

そんなわけがない。手を伸ばしてキッチンの電気をつけた。

とたんに闇は消え去り、不気味な影も見えなくなる。

鍋の蓋はきっちりしまっていた。

ほっと息を吐く。

見間違いだ。酔っているのだ。

ホームレスが鳩を煮ているのを見たという後輩も、こんな風に何かを見間違えたに違いない。

電気を消して鍋に背を向けた。

風呂《ふろ》に入って、もう寝てしまおう。

鍋の収納場所は、起きてから考えればいい。食器を重ねたりずらしたりすれば、どうにかスペースを空けられるはずだ。最悪、袋に入れたまま、隅のほうに置いておいたってかまわない。どうとでも――

いいや、違うだろ。

納得しかけて、我に返った。

もともとこの家にあった鍋なのだから、収納スペースがないというのはおかしい。それ自体がおかしい。これが、本当に、もともとこの家にあった鍋なら。

俺は何年も一人暮らしだ。こんな大きな鍋を買った覚えはないし、買う理由もない。

この鍋が、今、ここにあることがおかしい。

この鍋はどこから来たのだ。そうだ、駅で、知らない男に押しつけられて——何故忘れていたのだろう。何故これが自分の鍋だなんて思い込んでいたのだろう。

もう一度振り向いて、自分のものではない鍋を見る。

鍋は鍋だ。馬鹿馬鹿しい。ただの調理器具で、怖がるようなものではない。頭ではそう思うのに、目が離せない。

薄暗がりの中に佇《たたず》む鍋のほうも、じっとこちらを見ているような気がする。

その内側から、コンッ、と音が聞こえた。

鍋セット

角田光代

もちろんテレビドラマに出てくるような、ロフトに続く螺旋《らせん》階段とかカウンターキッチンとかクロゼットとか出窓とかのある部屋を想像していたわけではなかった。けれどせめてフローリングであってほしかった。

申し訳程度の台所がついた、六畳の和室。窓は木枠に磨《す》りガラス、クロゼットなんてとんでもない、おどろおどろしい感じのするような押入が半間。狭苦しいユニットバス。これが私の住むことになった部屋である。

その六畳間で、私と母は向き合って缶コーヒーを飲んでいる。はあ、と母がため息をつく。はあ。私も母のため息がうつる。

「東京っていうのは家賃が高いって聞いていたけど本当だね。五万いくら払ったら、うちのあたりなら二部屋ついた新築が借りられる」

部屋さがしにきたときからくりかえしていることを、母はまた言う。

「もう、やめてよ、そういうこと言うの」いらいらと私は言った。

第一志望だった大学に合格したのが三月のはじめ、その一週間後、私は母とともに新居をさがすべく東京にきた。母はいきごんで、入学式かと思うようなスーツを着こんでいた。その日のうちに新居を決めなければならなかった。不動産屋の車に乗って、四件も五件も部屋を見せてもらった。見せてもらううち、大学に合格したときの、全世界が輝いて私を招いているような気分はじょじょにしおれてきた。隣の母も、だんだん意気消沈してくるのがわかった。

案内されるのはどれも、古びた木造アパートで、部屋は驚くほど狭く、そしてしょぼくれていた。顔を見合わせる私と母に、「このご予算ですと、どうしてもこういったお部屋ばかりになってしまうんですよね」と、どこかしら得意げに不動産屋は言うのだった。

結局、私が決めたのは、私鉄沿線の駅から徒歩八分のこのアパートである。角部屋だし陽当たりはいいが、いかんせん、古い。台所にある一口のガスコンロは油で黒光りし、水道の蛇口は錆《さ》びている。押入の襖《ふすま》には薄い染《し》みがあり、木目調の天井はすすけて黒い。畳だけが青々と新しかった。契約を終えて帰るとき、「東京っていうのは家賃が高いと聞いたけれど……」と母はくりかえした。

私たちの暮らす家だって、ぴかぴかの大御殿というわけではない。ごくふつうの一軒家だ。けれど私の部屋はもう少し広いし、出窓はあるし、お風呂《ふろ》はひろびろして追い焚《だ》き可だし、システムキッチンである。快適な家をわざわざ出て、あのしょぼくれたちいさな部屋に住むことに、なんの意味があるんだろうかと、私も考えそうになっていた。古びた部屋のせいで、東京行きの準備をはじめてもあんまり晴れがましい気分にはなれなかった。持っていきたいと思うものの大部分は置いていかなければならなかった。入りきらない、という至極シンプルな理由で。

「それにしても、引っ越し屋さん、遅いね」

部屋に充満する辛気くさい空気を追い払うように私は言ってみる。

「電器屋さんもねえ」

母は立ち上がり、窓を開ける。窓からはちいさな空しか見えない。つぶれた菱形《ひしがた》に切り取られた青空は、さらに電線でこまかく分断されている。

「ねえ、桜の木があるわよ」

母は明るい声で言い、手招きをする。母の隣に立って外を見る。たしかに、隣家の庭に桜らしき木が生えている。隣の庭はずいぶん広い。井戸があり、物干しがある。庭に面した縁側に座布団《ざぶとん》が干してある。なんだか私たちの家に似ていた。

「ここでお花見ができるわよ。まだつぼみだけど、学校はじまるころには満開よ」

なぐさめるような口調で母が言い、なんだかよりいっそう気持ちが沈み、さっきから感じている苛立《いらだ》ちが倍増する。

電器屋と引っ越し屋は続けてやってきた。電器屋はちいさな冷蔵庫を台所に、洗濯機を玄関のわきに設置し、小型テレビを部屋に運びこんで去り、段ボール五箱とカラーボックスひとつを部屋の隅に並べて引っ越し屋は去った。あっという間だった。

「片づけ、ひとりでできそうだから、もう帰っていいよ」

私は言った。母はしばらく無言で部屋を眺めまわしていたが、

「ねえ、引っ越し蕎麦《そば》食べにいこうか」と言う。「蕎麦屋なんかあるかな」つぶやくと、

「蕎麦屋なんてどこにだってあるわよ、ここだって日本なんだもの」なんだかとんちんかんなことを言い、母は申し訳程度の玄関で靴を履いている。私もいっしょに部屋を出て、おもちゃみたいな鍵《かぎ》を鍵穴にさしこんだ。

駅へと続く道が商店街になっている。ちいさな町とはいえ、さすが東京である。私たちの町の商店街とは桁《けた》違いににぎわっている。総菜屋、スニーカー屋、レンタルビデオ屋、ゲーム屋、洋服屋、レストラン、喫茶店、雑貨屋。母はきょろきょろと目を走らせている。ときどき立ち止まり、私のコートの袖口《そでぐち》を引っぱる。「ねえ、あのセーター特売よ、五千円しないなんて、嘘《うそ》みたい」「なんだか洒落《しゃれ》た喫茶店よねえ。さすが東京って感じ」「あのラーメン屋さん、雑誌の切り抜き貼《は》ってあるけど、雑誌に載るような有名店なのかしら」「ここ、いいじゃない、二十四時間営業のコンビニ。夜にお醤油《しょうゆ》やお味噌《みそ》切れても買い足せるし」華やいだ声を出す。

母の言うせりふはすべて私を苛つかせた。あんなところにこれからたったひとりで住むなんて、かわいそう。そんなふうに同情されている気分になった。本当に自分が気の毒な娘であるような気分になった。

「やめてよ、田舎者まるだしみたいでかっこわるい」

だから私は投げ捨てるように言い、袖口をつかむ母をふりきるようにして商店街をずんずん歩いた。こんな商店街のセーターなんか褒めないでよね。十一時に閉店するコンビニなんてうちのほうにしかないんだよ。雑誌の切り抜き貼ってるからっておいしい店とはかぎらないんだから。心のなかで悪態をつき続けた。

駅近くにあった蕎麦屋で、母と向き合って天ぷら蕎麦を食べた。びっくりするくらいまずかった。うちの近所の村田庵《あん》だってもっとましな蕎麦を出す。なのに母ときたら、おいしい、おいしいと連発する。「やっぱり東京の店は違うわね」なんて言う。私はむっつりとして、半分残して箸《はし》を置いた。もったいないと言い、私の残したぶんまで食べる母に、苛立ちを通り越して嫌悪《けんお》まで覚えはじめる。

蕎麦屋を出る。春特有のふわふわした陽射《ひざ》しが商店街を染め抜いている。

「じゃあここで、もう帰っていいよ、おかあさん」私はぶっきらぼうに言った。

「でも、まだ荷ほどきもしてないじゃない」

「あれっぽっちの荷物、私ひとりだって、すぐ片づいちゃう」

「掃除も、もう一回したほうがいいんじゃない」

「さっきしたばかりじゃないの」

「だけど、台所はなんだか汚れが落ちなかったし」

店先で言い合う母子を、通りすがりの人がちらりと眺めていく。

「もういいって」強い口調で私は言った。本当のことを言うと、母といっしょにあのしょぼけたアパートに帰りたかった。何度でもいっしょに掃除をしてもらいたかった。あの狭苦しい台所で、夕食の支度をしてほしかった。魚の煮つけ、切り干し大根、たらこと葱《ねぎ》の入った卵焼き、家のテーブルに並ぶような夕食。そして、布団を並べていっしょに眠ってほしかった。苛立った私の八つ当たりを、とんちんかんな言葉で受け流してほしかった。けれど今日泊まってもらったら、明日も泊まってもらいたくなる。私は今日から、たった今から、ひとりで、あの部屋で、なんとか日々を過ごしていかなくてはならないのだ。

「もういいって。帰って」私は言った。泣きそうな自分の声が耳に届く。

「あっ、いやだ、おかあさん、忘れてた」

突然母が素《す》っ頓狂《とんきょう》な声で叫ぶ。

「何、忘れもの?」

「そうじゃないの、あのね、鍋《なべ》。鍋を用意してあげるのを忘れてた」

母は言い、すたすたと商店街を歩き出す。コートを着た母のうしろ姿が、陽をあびてちかちかと光る。私はちいさな子どものように、母のあとを追う。

「鍋なんかいいよ」

「よくないわよ、鍋がなきゃなんにもできないじゃないの。あんたもね、料理くらい覚えなさい。フライパンひとつでできるものなんか料理とは言わないの、きちんと鍋を揃《そろ》えて、煮炊《にた》きをしなさいよ」

母は得意げに言いながら、店先に茶碗《ちゃわん》を並べた雑貨屋に入っていく。店のなかは、食器や鍋や、ゴミ箱や掃除用品、ありとあらゆるものが所狭しと並んでいた。母は通路にしゃがみこみ、片っ端から鍋を手に取っていく。「これはなんだか重いわね」「これじゃあいかにも安っぽい」「こんなに馬鹿《ばか》でかくても困るしね」ひとりごとをつぶやきながら、鍋をひっくり返したり片手で揺すってみたりしている。私は母のわきに突っ立って、隅に整然と並んでいるル・クルーゼの鍋を見ていた。高校生のころ、女性誌で見て、ひとり暮らしをしたら買いたいと決めていたル・クルーゼである。色も橙色《だいだいいろ》と決めていた。けれど、これがほしいと母にはなんだか言えなかった。こんなもので料理なんかできませんと母は言うような気がした。実際、母の作るもの、母の作ってきたものは、ル・クルーゼとは不釣り合いだった。あのアパートに橙のル・クルーゼがあっても、なんだか滑稽《こっけい》だとも思った。

「これがいいわ」

思いきり立ち上がった母ははずみでよろけ、体を支えようと咄嗟《とっさ》に棚に手をつき、積んであった鍋がものすごい音を出して転がり落ちる。店内にいた客が陳列棚から首だけ出してこちらを見ている。

「やだ、もう」顔が火照《ほて》るのを感じながら私はつぶやく。

「やだもうはこっちのせりふよ」母も赤い顔をして、転げ落ちた鍋を懸命に元に戻している。「大丈夫ですかあ」店員が歩いてくる。

「あらまあ、ごめんなさいね、あのね、この子、春からこの先のアパートでひとり暮らしをするの、それで鍋と思ってね、選びにきたんだけど、やだ、こんなにしちゃって。大丈夫かしら、傷なんかついてない？　えーと、私が選んだのはどれだったかしら、しょうがないわねえ」

おばさんらしい饒舌《じょうぜつ》さで母はべらべらとしゃべり、さっき選んだ鍋を店員に押しつけるように渡している。鍋は大、中、小と三つあった。

「三つもいらないんじゃない」

「いるわよ、ちいさい鍋で毎朝お味噌汁を作りなさい、大きい鍋は筑前煮《ちくぜんに》とか、あとお魚を煮るときにね。中くらいのは南瓜《かぼちゃ》とか里芋とか、そういうちょっとしたものを煮るのに便利だから」まだ顔の赤い母は念押しするように説明しながら、バッグから財布を取り出している。

「この子ね、はじめてひとり暮らしするんですよ。ご近所だし、何かあったらよろしくお願いいたしますね」

母は若い店員に向かって頭を下げ、鍋を包んでいた店員は困ったように私を見、かすかに会釈《えしやく》した。

母とは店の前で別れた。アパートにいって荷ほどきをすると母は言い張ったが、ひとりで大丈夫だと私はくりかえした。

「そうね。これからひとりでやっていかなきゃならないんだもんね」

母は自分に言い聞かせるようにつぶやいて、幾度か小刻みにうなずくと、顔のあたりに片手をあげて、くるりと背を向けた。ふりかえらず、よそ見をすることなく、陽のあたる商店街を歩いていく。母に渡された重たい紙袋を提げ、遠ざかる母のうしろ姿を私はずいぶん長いあいだ眺めていた。母のうしろ姿はあいかわらず陽にさらされてちかちかと光っている。カートを引いて歩く老婆《ろうば》、小走りに駅へ向かうスーツ姿の男、幼い子どもの手を引く若い母親、いつもと変わらぬ町を歩く人々の合間を、母はまっすぐ歩いていく。雲のない空の下で商店街はふわふわと明るい。この光景を、ひょっとしたら私は一生忘れないかもしれない、ふいにそんなことを思った。そんなことを思ったら急に泣き出しそうになった。ひとりになって泣くなんて子どもみたい。私は母が向かう先とは反対に走り出す。かんかんと音をさせてアパートの階段を駆け上がり、紙袋の中身を取り出した。いつのまに母が頼んだのか、それとも店員が気をきかせたのか、大中小、三つの鍋はプレゼント用に包装されていた。でこぼこの包装紙のてっぺんに、ごていねいにリボンまでついている。みず色のリボン。ひとりきりになったちいさな部屋のなか、思わず私は笑ってしまう。

あのとき母がくれたのは、いったいなんだったんだろうと思うことが、最近になってよくある。

もちろんそれはただの鍋である。けれど、鍋といって片づけてしまうには、あまりにもたくさんのものごとであるように思える。

この鍋で私は料理を覚えた。筑前煮もカレイの煮つけも焼き豚もクラムチャウダーもビーフシチュウも。はじめてひとりで暮らしたあのアパートに、はじめて男の子が遊びにきたときも、私はこの鍋で料理をした（今でもメニュウを覚えている。ロールキャベツに肉じゃが、クリームソースのパスタというおそろしい組み合わせは、女性誌の「男がよろこぶ料理」特集の上位三位をそのまま作った結果である）。

女友達と徹夜して飲み明かしたときは、夜明けに小の鍋でインスタントラーメンを作った。彼女とは未《いま》だにどちらかの部屋でよく飲み明かす。

試験明けには宴会をしたこともある。そのときは大の鍋でおでんを作った。クラスメイトが十二人もこの部屋に入った。おでんは瞬《また》く間に足りなくなり、中の鍋も動員した。夜中にうるさいと隣室の住人に怒鳴りこまれた。

楽しいときばかりではない。実家が恋しくなったとき、失恋したとき、就職試験に落ちたとき、ひとりの夜、意味もなく不安に押しつぶされそうになったとき、私は鍋を取り出した。大鍋で、牛のすね肉をぐつぐつと煮る。玉葱《たまねぎ》が飴色《あめいろ》になるまでひたすら木べらでかきまわす。ホールトマトをかたちが崩れるまで煮る。スープのアクをていねいにすくい取る。汗を流しながら、ときには涙と鼻水まで垂らしながら。そうしていると、不思議と気持ちが落ち着くのだ。だいじょうぶ、なんてことない、明日にはどんなことも今日よりよくなっているはずだ。鍋から上がる湯気は、くつくつというちいさな音は、そんなふうに言っているように、私には思えた。

希望した会社にことごとく落ち、結局、アルバイトばかりくりかえした。立場は不安定だったが自由にできる時間だけはたっぷりとあり、その自由さが不安になると、私はきまって料理をした。料理をしていると、何か意味のあることをしている、自分が意味のある人間であると錯覚できたから。

うまくいかなかったのは仕事ばかりではなく、恋愛もしかりだった。失恋するたび、しかし私の料理の腕は上達する。女友達に馬鹿にされつつ、男を釣るのは胃袋だとかたく信じている故《ゆえ》である。

すべて、選択とも言えない消極的な選択だけで年ばかり重ねてきたのに、数年前、私にはフードプロデューサーという肩書きができた。オープン予定だったり売り上げに伸び悩んでいたりする飲食店に、新メニュウを提案する、というのが主な仕事だ。仕事はすぐに軌道にのり、近ごろでは、雑誌に料理コラムの連載もさせてもらっている。アルバイトの無為な時間と失恋のたまものである。

結婚したのは五年前、三十二歳のときだ。十八歳のときと同じく、親しくなるやいなや私は彼を家に招き、ごちそうぜめにした。もちろんロールキャベツと肉じゃがなんかいっしょに並べたりしない。すね肉と人参《にんじん》のシチュウだとか、ラムのトマト煮込みだとか、チリコンカンだとか、料理歴にふさわしいものを、すっかり古ぼけた大中小の鍋でせっせと作って。男を胃袋で釣れるのかどうか定かではないが、一年後、私たちは結婚をした。

取材で我が家を訪れただれもが、私の使っている鍋を見て驚く。どの鍋も、取っ手がとれていたり蓋《ふた》がなかったり底が焦《こ》げついていたり、とんでもなくみすぼらしいからである。新しいのを買わないんですか、と正直に訊《き》く人もいる。そんなとき私はいつも、えへへ、と笑うにとどめている。

もちろん何もかもがうまくいっていて世界がばら色に見えるなんてことはない。仕事でしょっちゅうつまずくし、夫とはささいなことで喧嘩《けんか》をする。もうだめだ、と十八歳のときのように泣くこともある。それでも平均してみれば、たいそう平穏な日々である。子どものころに思い描いたような大人として生きている。

そうしてときどき思うのだ。夕ごはんの支度をしているとき。深夜近くまで新メニュウと格闘しているとき。飲んで帰る暗い夜道で。私はあのとき、母にいったい何をもらったんだろう？　と。

胃袋で釣れた結婚相手？　仕事と将来だろうか？　正しく機能している内臓？　それとも、日々にひそむかなしみにうち勝つ強さ？　不安を笑い飛ばせる陽気さ？　退屈な時間を無にできる魔法？　だれかと何かを食べるということの、ささやかながら馬鹿でかいよろこび？

きっと、そんな全部なんだろうと思う。みず色のリボンをかけられていたのは、きっとそんな全部なんだろう。

「南瓜の中身をくりぬくのよ」電話口で母は言う。「それで炒《いた》めた鶏《とり》そぼろと野菜をね」「だから、順番に言ってよ。それに野菜って端折《はしょ》って言わないで、なんの野菜かも説明してくんなきゃわかんない」

あいかわらずいらいらと私は言う。新メニュウに行き詰まると、私はときおり母に電話をかけて、子どものころに食べた料理のレシピを訊いてみるのだ。

「南瓜はチンしておけばかんたんに中身が取り出せるから……そんなことよりあなた、こないだ雑誌で見たけど、なんて貧乏くさい鍋を使ってるの？　あれじゃあみっともないでしょうよ、新しいのを買いなさいよ、お誕生日に送ろうか？」

「いいっていいって、そんなことは。ああもう、わかんなくなっちゃったじゃないの。南瓜をチンしてどうするんだっけ」

電話の子機を肩で挟み、丸ごとの南瓜が大の鍋にきちんとおさまってくれるかたしかめながら、私は母の声を待つ。

初出一覧

「合作、冬の餃子鍋」　講談社文庫『彼女のこんだて帖』
「四人いるから火鍋にしましょう」　書きおろし
「初鍋ジンクス」　書きおろし
「両想い鍋パーティー事件」　書きおろし
「できない君と牡蠣を食べる」　書きおろし
「やみ鍋」　「小説新潮」二〇二三年八月号
「鍋セット」　双葉文庫『Presents』

角田光代
河野丈洋著

もう一杯だけ飲んで帰ろう。

西荻窪で焼鳥、新宿で蕎麦、中野で鮨、立石ではしご酒——。好きな店で好きな人と、飲む酒はうまい。夫婦の「外飲み」エッセイ！

清水朔著

奇譚蒐集録
―鉄環の娘と来訪神《オトナイサマ》―

信州山間の秘村に伝わる十二年に一度の奇祭、首輪の少女と龍屋敷に籠められた少年の悲運。帝大講師が因習の謎を解く民俗学ミステリ！

織守きょうや著

リーガルーキーズ！
―半熟法律家の事件簿―

走り出せ、法律家の卵《リーガル・ルーキーズ》たち！「法律のプロ」を目指す初々しい司法修習生たちを応援したくなる、爽やかなリーガル青春ミステリ。

平松洋子著

夜中にジャムを煮る

つくること食べることの幸福が満ちる場所。それが台所。笑顔あふれる台所から、食材と道具への尽きぬ愛情をつづったエッセイ集。

恩田陸・芦沢央
海猫沢めろん・織守きょうや
さやか・小林泰三著
澤村伊智・前川知大
北村薫

だから見るなといったのに
―九つの奇妙な物語―

背筋も凍る怪談から、不思議と魅惑に満ちた奇譚まで。恩田陸、北村薫ら実力派作家九人が競作する、恐怖と戦慄のアンソロジー。

千早茜・遠藤彩見
田中兆子・神田茜
深沢潮・柚木麻子著
町田そのこ

あなたとなら食べてもいい
―食のある7つの風景―

秘密を抱えた二人の食卓。孤独な者同士が集う居酒屋。駄菓子が教える初恋の味。7人の作家達の競作に舌鼓を打つ絶品アンソロジー。

イラスト　もみじ真魚
デザイン　川谷康久（川谷デザイン）

今《こん》夜《や》は、鍋《なべ》。

温かな食卓を囲む７つの物語

新潮文庫　し－21－107

令和六年一月一日発行

著者　角田光代　青木祐子　清水朔　友井羊　額賀澪　織守きょうや
発行者　佐藤隆信
発行所　株式会社新潮社

郵便番号　一六二―八七一一
東京都新宿区矢来町七一
電話　編集部(〇三)三二六六―五四四〇
読者係(〇三)三二六六―五一一一
https://www.shinchosha.co.jp

価格はカバーに表示してあります。

乱丁・落丁本は、ご面倒ですが小社読者係宛ご送付ください。送料小社負担にてお取替えいたします。

印刷・錦明印刷株式会社　製本・錦明印刷株式会社

ISBN978-4-10-180277-0　C0193